숨은 순간

인생은   순간
이다

이 책은 2022~2023년 김성근 감독과 나눈 긴 시간의 대면 및 전화 인터뷰와 신문, 방송 등 여러 매체와의 인터뷰 기사를 토대로 편집자가 초고를 만들고, 감독이 기억을 되짚어 다시 수정하고 추가하는 방식으로 완성되었다. 60여 년간 다이아몬드 안에서 배운 반짝이는 깨달음과 지혜를 감독 특유의 강력한 직구로 담아냈다. 읽는 것은 순간이겠으나, 그의 말은 독자들의 가슴 속에 영원히 남기를 기대한다.

삶이라는 타석에서
평생 지켜온 철학

김성근 지음

인생은 순간이다

다산북스

원래 나는 야구장으로 가는 길이 세상에서 제일 즐거운 사람이다. 문제가 있으면 하루 종일 고민하고, 그러다가 아이디어를 떠올리고, 다음 날 야구장에 가서 내가 떠올린 아이디어가 맞는지를 확인해 볼 수 있으니 야구장에 가는 길은 언제나 희망이었다. '오늘은 어떻게 달라질 수 있을까' 하는 설렘 속에서 야구장에 갔다.

그런데 일본에 있다 보니 갈수록 야구장에 가기가 싫어지는 것이다. 스스로 아이디어를 내고 실천할 수 있는 영역이 점점 줄었기 때문이다. 한국에 있을 때보다 할 수 있는 것이 적었다. 그러다 보니 야구장에 가는데도 그 속에 설렘이나 기대 같은 게 없었다. '안 돼, 그래도 가야지, 이러면 안 된다' 스스로를 이렇게 설득하다가 결국은 왕정치 회장에게 더는 못 하겠다고, 한국으로 돌아가겠다고 말씀드렸다. 이제 야구 장에 가기가 싫어졌다는 내 말에 왕 회장은 퍽 놀라셨다. 그렇게 후쿠오카소프트뱅크호크스(이하 '소프트뱅크')에서 나와 한국으로 돌아왔다.

그랬는데 JTBC 〈최강야구〉에서 나를 데리러 온 것이다. 사실 처음에 섭외가 들어왔을 때는 거절했었다. 그래봤자 동 네야구 정도의 의식이겠거니 싶어서 내가 뭘 하겠나 하는 생 각을 했다. 그렇게 안 하겠다고 대답하고 나서 방송을 한번 봤는데, 생각보다 선수들이 아주 진지하게 야구를 하는 것이 다. 선수 하나하나가 전력 질주를 했고, 제대로 플레이하지 못했을 때는 아쉬움도 보였다. 이런 의식으로 야구를 한다면 좀 재미있겠구나 싶었다. 그래, 감독 한 번 해보겠다고 오케이 를 내렸다. '최강야구의 목표는 승률 7할'이라는 PD의 말도 마음에 들었다. 분명한 목표가 있고 그게 수치로 나타나니까. 고민 끝에 수락하고서 왕 회장께 최강야구에 함께하기로 했 다고 말씀드렸더니 "잘했어, 김 상하고 나는 야구밖에 없잖아"라고 말씀하셨다.

내가 최강야구에 처음 와서 선수들에게 한 말은 사명감을 가지라는 것이었다. 요즘은 비유하자면 교과서와 참고서가 없는 세상이다. 과거에는 공부를 열심히 하는 것이 인생에서 성공하는 법이었다. 답을 모르겠으면 책을 보면 되는 식이다. 그런데 지금은 각자 자기가 가진 재능을 찾아 그걸 자기 나름대로 꽃피워야 한다. 자기가 답을 만들어가야 하는 시대라는 것이다. 그걸 생각하면 이런 시대를 살아야 하는 젊은이들이 참 대단하기도 한데, 그러면서도 한편으로는 젊은 친구들이 포기가 너무 쉬운 게 아닌가 싶을 때가 있다. 정답을 찾기가 어려우니까, 길이 보이지 않으면 쉽게 걸음을 멈춰버리는 것이다.

물론 삶의 방식이란 어떤 게 무작정 좋다, 나쁘다 단정할 수 있는 문제가 아니다. 그러나 어떻게든 해내겠다는 의지를 갖고 끝끝내 하지 않으면 무슨 일에서든 성공을 거두기가 어려운 게 인생이다. 역사 속에서 봐도 그렇다. 시련의 시기는 언제나 있었고, 인간은 그 시련을 극복하는 프로세스 속에서 성장했다. 요즘은 그런 절박한 의식이 부족하지 않나 싶다.

최강야구라는 프로그램과 이 책을 통해 남기고 싶은

것도 결국 '인생'이다. 나는 야구라는 것으로 인생을 전하고 싶었다. 단순히 이기고 지는 데서 끝나는 게 아니라, 이 세상에 절망은 없다는 걸 보여주고 싶었다. 야구에는 '다음 경기'가 있지 않은가.

한 번에 성공하는 게 아니라 무수히 실패하고, 도전하고, 길을 찾고, 시행착오를 겪으면서 성공해 나가는 게 인생이듯이, 야구도 숱하게 실패하고 좌절해도 다음 경기를 위해 묵묵히 내 할 일을 하고 있으면 반드시 기회가 온다.

나는 야구에 사력을 다하며 살았다. 야구를 위해서 살아왔고 야구밖에 모르고 살았다. 말하자면 야구는 내게 인생의 전부다. 야구란 정말 인생과 똑같다. 사람이란 죽을 때까지 공부해야 하고, 생각해야 하고, 거기서 나온 아이디어를 실행하며 살아야 한다. 그냥 사는 인생은 없다. 나이가 들어도 그렇다.

여전히 나도 운동장에 서면 스스로에게 계속 질문을 던진다. 경기 중에 왜 이 말을 안 했지? 선수 왜 안 바꿨지? 왜 진작 저걸 가르쳐놓지 않았지? 평생 그렇게 물었고, 내 안에서 답을 찾았다. 죽을 때 무엇 하나라도 남기려면 인생은 그렇게 살아야 한다. 내가 야구를 하며 정말로 말하고 싶었던 건 바로 이런 것들이었다.

　　항상 '왜?'라는 생각을 갖고 앞으로 나아가라.
　　타협하고 후퇴하지 마라.
　　시선은 늘 앞으로, 미래로.

　　젊은이들을 비롯해 세상살이를 하는 모든 사람에게 하고 싶은 말이다. 그렇게 나는 오늘도 야구를 하며 살아간다.

2023년 11월
김성근

차례

1장. 이겨내기 위한 의식

내일 죽는 한이 있더라도 베스트를 하라

2장. 나는 비관적인 낙천주의자
'어차피 안 돼'에서 '혹시'로, '혹시'에서 '반드시'로

3장. 개척자 정신
비상식을 상식으로 바꾸는 것이 내 인생이었다

4장. 이름을 걸고 산다는 것

돈을 받으면 모두 프로다

5장. 비정함 속에 담은 애정

리더는 부모다

6장. 자타동일

'나'가 아닌 '팀' 속에서 플레이하라

이겨내기 위한 의식

내일 죽는 한이 있더라도 베스트를 하라

공 하나에
다음은 없다

어깨 부상에도 흔들리지 않았던 이유

"무엇이든 자기가 지금 베스트라는 확신이 들 만큼
열심히 하면 기회는 언젠간 오게 되어 있다. 운도 내 편이 된다."

　　야구나 인생이나, 한시도 멈춰 있는 순간이 없다. 순간
순간의 움직임을 포착하며 살아야 한다는 점에서 기본은 똑
같다. 강물을 생각하면 이해하기 쉽다. 흘러가는 강물은 겉
으로는 똑같아 보여도 사실 전부 다르다. 수질이 다르든, 온도
가 다르든 순간순간 모두 다른 강물이 흐르고 있다. 단 1mm
라도 움직이고 있는 것이다. 이런 모든 것을 고려해서 손을 뻗
어야 물고기 한 마리라도 낚아챌 수 있듯이, 우리 삶의 움직

임에도 똑같은 것은 하나도 없다.

그래서 인생에 나타나는 그 움직임 하나하나에 어떻게 대처하느냐가 가장 중요하다. 인생이란 결국 순간이 축적되어 만들어지는 것이기 때문이다. 어제, 오늘, 내일 마주치는 순간들, 매 순간에 한 결정과 행동이 쌓이고 쌓여 인생이 된다.

1962년 1월 나는 처음으로 가슴에 'KOREA' 대한민국이라는 이름을 얹고 마운드에 발을 디뎠다. 1961년 한국으로 건너와 교통부에 입단하자마자 국가대표로 선발되었고 그해 12월 아시아야구선수권대회 참가를 위해 자유중국(지금의 대만)으로 향하면서였다.

당시 아시아야구선수권대회에는 한국, 일본, 필리핀 자유중국 네 나라가 참가했다. 나는 일본과의 두 경기에 모두 등판했고 첫날은 선발 투수로, 둘째 날은 구원 투수로 마운드에 올랐다. 두 경기 모두 지고 말았지만 나는 선발로 출전한 경기에서는 7회까지 단 두 개의 안타만 허용했고, 구원 투수로 나간 경기에서는 무실점을 해내며 제법 호투했다. 국내외 야구인들에게도 꽤나 호평을 받았다. 그게 내 선수로서 전성기의 시작이었다. 어머니에게도 신이 나서 장문의 편지를 써 보냈다. 모든 것이 잘 풀릴 것만 같던 시기였다.

그러나 몇 년 지나지 않아 왼팔이 아프기 시작했다. 팔꿈치에서 시작된 통증이 왼쪽 팔 전체로 퍼져나갔다. 스포츠 의학이 발달한 지금 같았다면 쉽게 해결했을지도 모른다. 그러나 그때는 트레이닝 코치는커녕 통증에 대한 개념조차 없던 시절이었다. 아프면 화끈거리는 약을 바르고 경기에 나갔고, 아이싱을 하는 대신 뜨겁게 달군 돌로 찜질을 했다. 방법을 완전히 잘못 안 것이다.

한번 나빠진 팔 상태는 다시 회복되지 않았다. 1966년을 끝으로 나는 완전히 투수 생활을 접어야 했다. 1루수로 포지션을 바꿨지만 그 역시도 오래 할 수 없었다. 한국에서 야구로 최고가 되겠다고 영주 귀국을 했던 게 1964년인데, 결국 내 선수 생활은 그로부터 4년 만에 마무리되었다. 짧디짧은 전성기였다.

처음에는 앞길이 막막했다. 야구를 하러 한국에 왔는데 야구를 할 수 없는 몸이 되었으니 당연한 일이었다. 내가 할 수 있는 일은 소속팀이던 기업은행 본사로 들어가 도장을 찍으라는 곳에 도장을 찍는 정도가 전부였다. 함께 일하는 은행원들도 '김성근은 쪽발이라서 한국말을 못 한다'며 수군거리던 시절이었다. 그러나 곧 정신을 차렸다. 야구를 위해 살고 야구를 하다 죽자고 결심했는데 여기서 끝날 리 없다고 생각했다. 내게 은행은 오래 있을 곳이 아니었다. 기회는 기다리다 보면 그 속에서 올 수도 있고, 내가 만들 수도 있는 것이니 절망에 빠지거나 불안에 떨지 말자고 마음먹었다. 그렇게 나는 은행에 다니면서도 매일 뛰며 준비를 게을리하지 않았다.

오늘 해야 할 일을 묵묵히 하면 어느새 내일은 온다

거짓말처럼 기회가 찾아왔다. 내 이야기를 들은 사람들은 '운이 참 좋다'라고 말하지만, 그 당시 나의 의식 속에서 그 기회는 사실 '반드시 찾아올 수밖에 없는 것'이었다. 기업은행 감사였던 이창현 씨가 내게 자신의 모교인 마산상고 야구부의 감독을 맡아달라며 나를 기업은행 마산 지점으로 발령을 내준 것이다. 그 덕분에 나는 기업은행에서 월급을 받으면서 마산상고 감독으로 다시 야구를 시작할 수 있었다.

인생을 살아보니, 기회란 흐름 속에 앉아 있다 보면 언젠가 오는 것이었다. 내 인생에는 그런 기회가 어마어마하게 많았다. 아니, 기회라기보다는 마치 순리처럼 내게 찾아온 일들이었다. 그러니 매일의 순간순간을 허투루 보내서는 안 되었고 그럴 수도 없었다. 내일이 있다는 것을 핑곗거리로 삼지 않았다. 내일이 있으니 오늘은 어떻게 되든 괜찮다는 마음가짐으로 사는 게 아니라, 오늘 해야 할 일을 하다 보면 어느새 내일이 와 있는 삶을 살고자 했다.

사인할 때 꼭 쓰는 나의 좌우명, '일구이무一球二無'도 그러한 의식에서 나온 말이다. 일구이무란 '공 하나에 다음은 없다'는 뜻이지만, 이는 곧 '누구에게나 기회가 있다'는 뜻이기도 하다. 기회란 인생사에 세 번은 온다. 단지 사람마다 그걸 붙잡을 수 있느냐, 없느냐가 다를 뿐이다. 한 번, 두 번 왔을 때는 놓치고 마침내 세 번째 왔을 때에야 붙잡는 사람이 있는가 하면, 기회가 온 것조차 모르고 그저 흘려보내는 사람도 있다. 그 차이는 바로 '준비'에서 온다. 준비가 된 사람은 기회가 오면 잡을 수 있고, 기회를 잡은 사람은 모든 준비가 된 사람인 것이다.

내가 이번에 최강야구 감독을 맡게 된 걸 보며 누군가는 저 사람은 참 운이 좋다고 말하기도 한다. 이승엽이 두산 감독으로 선임된 시점에 딱 일본에서 코치를 그만뒀으니, 타이밍이 어떻게 그렇게 맞아 떨어질 수 있느냐는 이야기다. 물론 운이 좋은 것도 맞다. 그러나 내가 준비가 되어 있지 않았다면 애초에 감독으로 거론되기나 했을까?

김성근은 여전히 건강하고 야구를 할 수 있는 체력이 있다는 인식이 있으니 내게 감독을 맡긴 것이다. 만약 내가 어디가 아프다고 떠들고 다녔거나 실제로 몸 관리를 제대로 못해서 아예 야구를 할 수 없었다면 기회는 오지 않았을 것이다. 내 인생에 찾아온 기회에는 그런 준비된 순간들이 어마어마하게 많았다.

잠깐 동안 은행원으로 일해야 했을 때도 나는 묵묵히 내 할 일을 했다. 도장 찍기나 서류 복사 말고는 할 일이 없어도 매일 출근하고 열심히 일을 배웠다. 김성근한테는 무슨 일을 시켜도 해낸다는 모습을 보여줬기에 이창현 씨의 눈에 띌 수 있었던 게 아닐까. 만약 그때 내가 처지를 비관하며 술이나 퍼마시고, 은행에 있을 수는 없다며 당장 그만뒀더라면 마산상고 감독이라는 기회는 찾아오지 않았을 것이다.

지금 당장 즐겁든 슬프든, 자신이 그 속에서 어떻게 인생을 살아가느냐가 중요하다. 운 탓, 남 탓만 하며 비관해서는 안 된다. 무엇이든 자기가 지금 베스트라는 확신이 들 만큼 열심히 하면 기회는 언젠가 오게 되어 있다. 운도 내 편이 된

인생을 살아보니, 기회란
흐름 속에 앉아 있다 보면 언젠가 오는 것이었다.
내 인생에는 그런 기회가 어마어마하게 많았다.
아니, 기회라기보다는 마치 순리처럼
내게 찾아온 일들이었다.

그러니 매일의 순간순간을
허투루 보내서는 안 되었고 그럴 수도 없었다.
내일이 있다는 것을 핑곗거리로 삼지 않았다.
내일이 있으니 오늘은
어떻게 되든 괜찮다는 마음가짐으로 사는 게 아니라,
오늘 해야 할 일을 하다 보면
어느새 내일이 와 있는 삶을 살고자 했다.

다. 매일의 흐름 속에서 자기의 베스트를 다해야 한다. 기회가
오면 잡을 수 있도록, 이번 공을 칠 수 있도록. 야구도 인생도
그렇다. 살아보니 똑같다.

공 하나에 다음은 없다.

그저 편하고자 한다면
죽어가는 것이나 다름없다
잠재 능력을 깨우는 '의식'의 힘

"어제의 한계가 열 개였다면 오늘의 한계는 스무 개인 셈이다.
그렇게 행동하다 보면 그 틈에서 살아서
꿈틀거리는 무언가가 느껴진다."

지금의 나에게 한계가 있다면 무엇일까? 그것은 나이일 테다. 벌써 여든이 넘었으니, 주위에서는 어떻게 그 나이에 야구장에 가서 종일 서 있고 게다가 펑고까지 쳐줄 수 있느냐며 신기해한다.

실제로 나는 전과 다를 바 없이 운동복을 입고 야구장에 간다. 땡볕 아래에서 선수들과 함께 서 있는다. 아무리 덥거나 추워도 선수들을 운동시켜 놓고 나만 편하게 있지는 않는다. 몸이 좀 아프거나 노곤할 때도 있지만 그런 생각은 야구장에 가면 깨끗이 사라진다. 내가 공을 한 개라도 더 쳐줄 때마다 선수들의 폼이 단 1mm라도 나아지는 모습이 보이는데, 어떻게 즐겁지 않을 수가 있을까.

100개든 1000개든 아무렇지 않게 펑고를 쳐주고 배팅 연습을 해준다. 선수들이 좋아지는 게 느껴지면 그저 이 순간이 좋다. 무언가를 깨닫고, 고쳐가며 나도 열심이고 선수도 열심인 그 순간을 영원히 가져가고 싶다. 나의 낙이다. 공을 몇 개를 던져도 안 힘들다. 힘이 든다거나 나이를 먹어서 이 제는 못 하겠다는 의식은 전혀 없다. 사실 그런 의식이 끼어들기 시작하는 순간 몸이 늙는다. 아까까지는 잘 되던 것이, '힘들다' 생각하기 시작하면 갑자기 힘들게 느껴진다. 한계란 그런 것이다.

내가 가르친 선수들 중에는 자기 한계를 뛰어넘은 케이스가 어마어마하게 많았다. 처음에는 '와, 이걸 어떻게 하지' 싶어 난감했던 선수들도 하루 종일 연습을 하고, 문제에 부딪히면 아이디어를 찾아나가면서 엄청나게 성장했다. 조동화, 김강민, 박재상 세 명은 맨 처음 만났을 때는 '산책을 하는 건 가' 싶을 만큼 외야에서 그저 이리 갔다, 저리 갔다 하기 바빴다. 볼은 잡지도 못하고 '만세', '만세' 팔만 뻗으며 헤매는 것이다. 그랬던 선수들이 훈련 끝에 버젓이 SK 외야의 주축이 되었으니, 한계라는 게 어디 있겠는가.

선수들을 키우며 살다 보니 인간이란 참 재미있다는 생각을 한다. 인간의 잠재 능력이라는 게 어마어마하다는 걸 나는 살면서 몇 번이나 확인했다. 해내고야 말겠다는 의식이 커질수록 잠재 능력도 조금씩 깨어나 꽃을 피운다. 그런 어마어마한 존재가 바로 우리 인간인 것이다. 나 역시 스스로의 한계를 계속 높여왔다. 누가 봐도 무리라고 해도 나는 대수롭지 않게 여겼다. 묵묵히 내 할 일을 하며 앞으로 걸어가다 보면 어느새 한계는 저 멀리 내 뒤에 있었다.

생을 마칠 때 자기가 가진 잠재 능력을 100% 발휘하는 사람은 거의 없다. 고작 자기 능력의 20~30% 정도나 발휘하며 살까? 그러니 인간에겐 한계가 없다는 걸 모르고 사는 것이다. 그럼 나머지 70~80%의 능력은 어디로 사라지는가? 바로 스스로가 설정한 한계 속에서 사라진다.

한 걸음 한 걸음
한계를 지워나간다는 것

산이 무너지고 파도가 몰아친다고 생각해 보라. 한 걸음 물러서면 쓰나미로 이어지는 상황에서 날씨를 탓하고, 바람을 탓하며 핑계를 찾는 사람은 없을 것이다. 그럴 새도 없이 당장 살 길을 찾아야만 한다. 오로지 살 생각뿐이다. 한계를 넘어서려면 모든 일에서 그런 의식을 가져야 한다. 나는 못 한다고, 내 재능 밖의 일이라고 불만만 늘어놓고 있으면 시간이 얼마가 가든 제자리걸음뿐이다.

결국 어떤 한계를 마주하든 돌파하는 것은 '의식'의 문제다. '어떡하지, 어떡하지' 하며 걱정하고 있어봤자 아무것도 해결되지 않는다. 아직도 나는 매일 하루에 두 번씩 아침저녁으로 운동을 한다. 산책도 하고 웨이트 트레이닝도 한다. 한계를 없애는 작업이다. 나이라는 한계 역시 의식만 있다면 얼마든지 넘어갈 수 있다.

정신력도 마찬가지다. 여든이면 언제 치매가 올지 모르는 나이다. 그래서 나는 틈틈이 과일, 나무, 꽃, 선수 이름 등등 적을 수 있는 것들을 혼자 노트에 적어 내려간다. 어제는

생을 마칠 때 자기가 가진 잠재 능력을
100% 발휘하는 사람은 거의 없다.
고작 자기 능력의 20~30% 정도나 발휘하며 살까?
그러니 인간에겐 한계가 없다는 걸
모르고 사는 것이다.

그럼 나머지 70~80%의 능력은 어디로 사라지는가?
바로 스스로가 설정한 한계 속에서 사라진다.

열 개를 적었다면 오늘은 스무 개를 적으려 해보고, 또 내일은 서른 개를 적으려 해본다.

말하자면 어제의 한계가 열 개였다면 오늘의 한계는 스무 개인 셈이다. 그렇게 행동하다 보면 그 틈에서 살아서 꿈틀거리는 무언가가 느껴진다. 약점도 사라져간다. 살 길이 생겨나고, 스스로에 대한 동기가 생겨난다.

언젠가는 나의 몸도 낡고 무뎌져 더 이상 펑고를 쳐주거나 선수들의 부족한 점을 짚어내지 못할지도 모른다. 몇십 년 넘게 가르친 선수의 이름을 기억조차 하지 못해 "네가 누구냐"고 물을지도 모른다. 그러나 '트라이$_{try}$' 하고 '트라이' 해서 한계를 높이다 보면 문제가 없을 거라고 나는 믿는다. 그저 편하고자 한다면 죽어가는 것이나 다름이 없을 것이다.

굵고
짧게 살아라

가르쳐주지 않는다면 훔치겠다는 마음으로

"세상살이를 하며 제일 약한 것이
남한테 나를 해명하고 방어하는 사람이다."

일본에 '야마다 히사시'라는 투수가 있다. 그는 강속구가 주무기인 직구형 투수여서 제구력은 나빠도 구속으로 타자들을 압도하곤 했다. 그러나 무릎을 다친 후부터 구속이 떨어지기 시작하자, 야마다는 고민 끝에 변화구를 배워야겠다고 결심하고서 팀의 대선배이자 자신과 같은 언더핸드 투수 아다치 미쓰히로에게 그의 주무기인 싱커를 전수해 달라고 부탁했다. 그러나 아다치는 단호히 거절했다고 한다. 이때

야마다 히사시는 어떻게 했을까?

'가르쳐주지 않는다면 훔칠 수밖에 없지.'

그렇게 결심한 그는 아다치가 불펜에서 투구하고 있는 것을 발견하면 곧장 포수 뒤에 서서 아다치의 손이 어떻게 움직이는지 관찰하곤 했다. 끈질기게 관찰하고 관찰해 기술을 훔쳐냈고, 나중에는 그의 한결같은 노력을 보고 아다치도 힌트를 알려줬다. 덕분에 야마다는 싱커를 완전히 자신의 무기로 만들어 전성기를 맞이한다.

한 책에서 이 일화를 읽고 사람에게는 이런 의식이 있어야 한다 싶었다. 요새는 이런, 소위 말하는 '배고픔'이 없지 않나 싶다. 요즘 선수들 중에는 안 가르쳐준다고 말하면 그냥 거기서 관둬버리는 경우가 많다. 아니, 가르쳐준다 해도 배우러 오지조차 않는다. 그렇게 의식이 텅 비어버린 선수가 많은 게 요즘이다. 해내고야 말겠다는 의식이 없으니 아무리 가르쳐도 다음 날이면 다시 리셋이 된다. 누군가가 가르쳐준다는 것에 감사하다는 의식도 없다. 그것은 세대 차이가 아니다. 배가 안 고픈 것이다.

'실력이 좀 떨어지면 어떠나, 다른 거 하면 되지', '아니면 말고' 식으로 생각하는 사람들이 많아진 게 아닌가 싶다.

얼마 전에도 한 선수가 내게 야단을 맞았다. 나와 배팅 연습을 500개 가까이 해서 손이 까졌는데, 그러고 학교에 가서는 "연습 많이 하고 왔으니 오늘은 쉬겠습니다"라고 말했다는 것이다. 아마 아프기야 많이 아팠을 테지만, 반드시 해내고 싶다는 간절함, 절박함이 있다면 '아프니까 쉬겠다'는 말을 그렇게 쉽게 했겠나 싶다.

그러고서 며칠 후 다시 연습을 하러 왔는데, 아니나 다를까 그 전에 연습했던 게 완전히 리셋이 되어 있었다. 가르쳐 줬을 때만 해도 굉장히 좋아졌었는데, 혼자 복기하며 자기 것으로 만드는 과정을 거치지 않으니 다시 제자리로 돌아가 버린 것이다. 그렇게 의식이 해이한데 어떻게 프로에 갈 수 있겠는가. 그 정도의 의식으로는 프로에 가기 어렵다고, 설사 프로에 간다 해도 살아남을 수 있겠느냐고 야단을 쳤다.

정말 절박하다면 아프니 뭐니 핑계 댈 정신이 어디 있는가. 밤에 잠 잘 시간도 없고 쉴 시간도 없어야 맞다. 요즘 젊은이들을 보면 종종 불쌍하다는 생각도 든다. 답은 자기한테 있는데, 그걸 알면서도 실행하지 못하고 있으니 말이다.

자기들이 끈질기게 생각하고 아이디어를 내서 어떻게든

해내려는 의식이 부족하고, 매달리려는 배고픔도 없다. 스스로가 너무 부족하다면 남의 것을 훔쳐서라도 자기 것으로 만들어야 하는데 그럴 마음을 먹지 못한다. 그러고선 계속 해명만 하고, 훔치는 건 나쁜 것이라는 둥 자기 방어를 한다.

경기를 치르다 보면 가끔 사인을 훔쳤느니, 안 훔쳤느니 하며 갑론을박이 일곤 하는데 그걸 보고 선악을 가릴 이유가 있나 싶었다. 사인을 빼앗았다면 그 사람은 관찰을 통해 방법을 찾아낸 것이니 얼마나 대단한가. 반대로 사인을 빼앗겼다면 프로로서의 자격이 없는 것이다. 그랬는데 사인을 빼앗겼느니, 누가 빼앗았느니 하며 남의 탓을 하는 건 나는 약하다고 본다. 세상살이를 하며 제일 약한 것이 남한테 나를 해명하고 방어하는 사람이다.

끝장을 본 사람에게는 미련이 없다

어떤 투수들은 볼이 매번 아슬아슬하게 스트라이크존 바깥으로 나가는데 그걸 보면서도 아쉬움이 없다. 존 안으로 들어올 때까지 끝끝내 던져야 하는데 고작 몇 개를 던지고서는 힘들어 죽겠다고, 팔이 아프다면서 뻗어버린다. 사실 수준이 올라오지 못하면 속된 말로 팀에서 '모가지'를 당할 게 뻔한데, 그런 미래는 생각하지도 못한 채 당장 지금 힘들다면서 자기 팔만 아끼려 든다. 요즘은 누구나가 가늘고 길게 살려고 하지 않나 싶다. 그런 사람들은 어김없이 실패한다. 굵고 짧게 사는 게 오히려 더 길게 사는 법인데, 다들 그 사실을 모른다.

가늘고 길게 살겠다며 어깨를 아끼고, 훈련도 안 하고, 등판도 안 시킨다. 그러면 선수로 살아남을 수 없다. 이름을 남길 선수로 자라지 못하고 사라진다. 반면 굵고 짧게 살겠다고 죽어라 연습하면 거기서 잠재 능력이 개발되고 비로소 꽃을 피운다.

그런데 만약 '이것이 나의 베스트다' 싶을 만큼 연습했는데도 여전히 실력이 모자라고, 도저히 못 살아남을 것 같다면? 그러면 그 길은 내 길이 아니란 걸 알 수 있으니 더 빨리 다른 길을 찾아 노선을 틀 수 있다. 그래야 아무런 미련도 남지 않는다.

수준을 높이지 못해서 잘리든, 어깨가 나가서 잘리든 사실 똑같다. 어떻게 보면 어깨가 나가서 잘리는 게 차라리

낫다. 깨끗이 야구를 그만두고 미련 없이 다른 길을 걸으면 되니까. 갈 길이 생기니 오히려 바빠진다. 가늘고 길게 살겠답시고 어정쩡하게 해버리면 그 시간은 전부 낭비가 된다. 야구에서도, 인생에서도 그렇다.

해내고야 말겠다는 의식이 없으니
아무리 가르쳐도 다음 날이면 다시 리셋이 된다.
누군가가 가르쳐준다는 것에 감사하다는 의식도 없다.

그것은 세대 차이가 아니다.
배가 안 고픈 것이다.

왜 마흔에
은퇴할 생각부터 하는가

프로의 세계에서 오래 살아남는 법

"나는 선수 시절에도, 야구 감독을 하면서도
힘이 든다고 생각한 적이 한 번도 없다. 단 한 번도."

선수 시절, 일본의 여러 야구단에서 입단 테스트를 받았지만 연달아 불합격 통지를 받았다. 결국 내가 향한 곳은 고향 교토에 있는 '상호차량'이라는 회사의 작은 사회인 야구단이었다. 사회인 야구단이라 함은 곧 직장에 다녀야 한다는 뜻이다. 상호차량은 자동차의 차체를 만드는 회사였다. 거기서 용접도 하고, 선반도 다루며 다른 사람들과 똑같이 일했다. 아무리 사회인 야구단이라고 해도 기본적으로 회사원이니 직장에 출퇴근하며 일을 해야 했다. 훈련은 점심시간 도중에 작업복을 입은 채 캐치볼을 하는 정도가 전부였다.

그래서 나는 회사에 다니면서도 모교인 가쓰라고등학교에서 후배들을 가르치며 개인 훈련을 했다. 퇴근하고 나면 곧바로 자전거를 타고 학교로 향했다. 매일매일 일하고, 퇴근하면 곧바로 학교에 가서 연습하고의 연속이었다. 보통 오후 다섯 시나 되어야 연습을 시작할 수 있었는데, 그러니 시작한 지 얼마 되지도 않아서 해가 금방 떨어지곤 했다. 어두워지면 볼에 색깔을 칠하고, 베이스 라인에도 색깔을 칠해 잘 보이게 만드는 등 열악한 상황 속에서도 어떻게든 야구 할 아이디어를 내서 연습을 했다. 내가 그렇게까지 야구를 하는 모습을 보며 사람들은 완전히 야구에 미쳤다며 혀를 내둘렀다. 그래도 즐거웠다. 힘들지 않았다.

사실 나는 선수 시절에도, 야구 감독을 하면서도 힘이 든다고 생각한 적이 한 번도 없다. 단 한 번도. "그게 뭐가 힘들어?"라고 되묻는다. 그런 내게 다들 신기하다고 하는데, 원래 모든 일은 힘이 든다고 생각하면 새로운 의식이 생기지 않는 법이다. 그러니 뭘 해도 힘들다고 생각하지 않고 그냥 했다. 힘들다기보다는 '어려운 길'이란 생각만 하지 않았나 싶다.

사실 힘이 든다고 생각하는 것 자체가 한구석에서는 이 길을 떠나겠다는 마음을 품고 있는 것이나 다름없다. 시작부터 목적지에 곧바로 도달할 수는 없지 않은가. 목적지를 향해 가는 길에는 걷기 쉬운 평야가 있는가 하면 산도 있고 바다도 있다. 목표가 높으면 높을수록 오르기 어렵고 그만한 고통이 있다. 시간도 걸린다. 힘든 게 당연하다. 그래서 살아가면서 제일 베스트는, 힘이 들어도 힘이 든다고 의식하지 않는 사람이다. 힘들 때도 그 안에서 즐거움을 찾아야 한다.

뭘 하든 의식의 문제가 아닌가 싶다. 나는 나이 든 선수들을 보면서 '의식의 차이'라는 걸 더 강하게 느꼈다. 우리나라 야구선수들은 대체로 30대 중반부터 40대 초중반 사이에 은퇴를 한다. 그중에 보면 고관절이 딱딱해서 은퇴 시기가 빨리 찾아오는 경우가 있는데, 이는 사실 우리나라 야구선수들의 고질병이다. 고관절이 딱딱하면 제구력이 떨어지기 때문에 제 실력을 발휘하지 못하는데, 나이가 들수록 고관절이 굳으니까 야구를 오래 하지 못하고 일찍 그만두는 것이다.

그래서 한화 감독 시절, 트레이너에게 한두 시간씩은 꼭 고관절 트레이닝을 시키라고 지시한 적이 있다. 그러고서 얼마 후에 연습하는 걸 보러 갔더니 아니나 다를까 몇몇 선수들은 대충 하는 척만 하고 말 뿐 제대로 신경을 쓰지 않는 모습이 보였다. 의식이 모자라다 싶었다. 그렇게 관리에 소홀하면 결국 선수 생명이 일찍 끝나고 만다. 그래놓고서는 나이가 들었으니 은퇴하는 게 당연하다고 생각하니 이게 의식의 부족이 아니라면 무엇이겠나.

나이를 극복하고, 육체의 한계를 극복하고 하는 문제가 아니다. 한계를 스스로 설정하고 마는 '의식'의 문제다. 왜 마흔이면 야구를 끝낼 생각을 하는가? 쉰까지 야구를 하겠다는 의식이 왜 안 생기느냐는 것이다.

머릿속에서 '극복'이란 두 글자를 지우면

의식이 있는 사람에게는 극복이란 개념이 없다. 극복이란 힘들다는 의식에서 발생하는데, 힘들다는 생각 자체를 하지 않으니 '극복'이라고 할 리가 없다. 의식이 있으면 새로운 길이 보이고 한계도 뛰어넘을 수 있다. 전쟁터에 갔다고 생각

목표가 높으면 높을수록 오르기 어렵고
그만한 고통이 있다.
시간도 걸린다. 힘든 게 당연하다.
그래서 살아가면서 제일 베스트는,
힘이 들어도 힘이 든다고 의식하지 않는 사람이다.
힘들 때도 그 안에서 즐거움을 찾아야 한다.

해 보라. 서로 죽자, 살자 하는 상황에서 스스로의 한계부터 생각하는 사람이 과연 있을까? 나는 예순이고 칼을 맞댄 상대가 스무 살이면, '환갑인 내가 이런 젊은이를 이길 수 없을 것이다' 하고 죽음을 택하는 사람이 있겠느냐 말이다. 그럴 리 없다. 누구나 살려고 한다. 그게 세상이고 경쟁이다.

　　일단 내가 살아남은 다음에 '이야, 내가 어떻게 스무 살짜리와 싸워 이겼을까, 대단하다' 생각할지는 몰라도 칼을 맞댄 그 순간에는 나이라는 한계나 내 몸의 한계, 질지도 모른다는 두려움…… 그런 것들은 전혀 없다. 오로지 살아남아야 한다는 의식뿐이다. 거기서 '방법'이 나온다. 그게 나는 제일 중요하다고 본다. '나는 원래 부족하니까 이것밖에 못해'라는 의식을 갖는 것은 살 의지를 버리는 것이나 마찬가지다. 그런 사람은 전쟁터에 가면 죽게 되어 있다.

　　게다가 일터란 프로의 세계다. 프로의 세계에서는 젊은 세대가 기다리고 있다고 해서 양보를 할 필요가 없다. 양보를 한다는 것은 물론 아름다운 이야기다. 그러나 아름다운 이야기는 프로의 세계에 없다. 힘이 있는 사람만이 남는 세계다. '이 정도면 되겠다' 하는 정도의 의식으로는 프로의 세계에서 세상살이를 해내지 못한다. 이기지 못한다. 뭐든 끝끝내 해내

고 말겠다는 의식이 있어야 위기가 와도 돌파하고 헤쳐나갈
수 있는 법이다.

트라이, 트라이,
일단 트라이

지금의 김성근을 만든 60년의 시행착오

> "지금까지 나는 가운데에 서본 적이 없다.
> 나 아니면 살려줄 이가 없다는 마음으로
> 벼랑 끝에 서 있는 게 내 인생이었다."

시행착오가 많은 인생이었다고 하면 으레 '그 사람은 실패했겠거니'라고 생각한다. 그러나 반대로, 시행착오가 많았다는 것은 결국은 실패하지 않았다는 뜻이다. 아무리 실패하고 결과가 기대만큼 따라오지 않아도, 시련을 겪어도 전부 도전했으니까, 어떻게든 할 수 있게 만든 인생이니까. 시행착오가 많았다는 것은 그만큼 많이 고민하고, 도전하고, 결과를 내면서 자기 길을 만들어갔다는 뜻 아닌가. 그래서 나는 시행착오가 많은 인생이야말로 베스트라고 생각한다.

　나의 삶 역시 시행착오의 연속이었다. 수없이 많은 문제에 부딪혔고 배가 좌초하듯 무언가에 막혔다. 현역 선수 시절에는 대단한 스포트라이트를 받지도 못했고, 팔을 혹사한 탓에 그나마 주목받았던 전성기조차 짧았다. 프로 감독이 되어서도 번번이 한국시리즈 코앞에서 좌절했다. 첫 우승을 한 것은 무려 프로 감독이 된 지 25년 만의 일이었다. 그래도 물러서지 않았다. 끈질기게 시도하고 또 도전했다. 아마 그만큼 절박했기 때문이 아닌가 싶다.

　1962년 한국에 왔을 때부터 지금까지 나는 가운데에 서본 적이 없다. 나 아니면 살려줄 이가 없다는 마음으로 벼랑 끝에 서 있는 게 내 인생이었다. 그래서 선수 생활을 할 때, 감독을 한 지 얼마 되지 않았을 때는 의식이 오로지 '살아남는 것' 하나에 몰려 있었다. 그런 절박한 마음으로 매달리고 생각을 거듭하니 어떤 위기에 몰려도 마침내 아이디어는 나왔다.

　아무리 험준한 산이라도, 에베레스트 산이라도 길은 있다. 걸어가고 있다는 것 자체가 결국 길이 있다는 뜻 아닌가. 단지 큰 산은 더 고통스러울 뿐이다. 수없이 많은 아이디어와 시행착오가 필요하다. 그런 고통을 이겨내고 그 속에서 길을 찾는 것은 자기의 몫이다.

최강야구에 이흥구라는 포수가 있다. 1990년생으로 아직 삼십 대 중반도 되지 않은 선수인데 프로팀에서 방출을 당했다. 최강야구 시즌 1이 끝날 때쯤 고민이 있다기에 무엇이냐고 했더니, 입스yips 때문에 포수를 못 하겠다는 것이다. 몇 번 실책을 하고 나니 주위에서 자꾸 안 된다고들 하고, 자기도 그 의식에 어느새 얽매여 있었다. 온통 안 된다는 쪽에 의식이 몰려 있으니 플레이가 잘 될 리가 없다. 공을 던지기도 전부터 폭투를 할지도 모른다고 지레 겁을 먹으니 결국 공은 멀리 날아가거나 땅으로 꽂혀버리기 일쑤였다. 몸이 굳어버린 것이다. 어느 날 연습하다가 이흥구에게 직접 물었다.

"포수는 지금 대한민국 야구계에서 제일 부족한 포지션이야. 수 자체도 적고 잘하는 포수도 손에 꼽아. 그거 알아?"

"압니다."

"그런데 그걸 왜 생각을 안 해. 다시 프로에 갈 생각은 안 해봤어?"

생각도 못 해봤다고 했다. 나는 그 의식부터 바꿔야 한다 싶었다.

시행착오가 많은
인생이야말로 베스트

최강야구 시즌 2를 시작하기 전, 입스를 어떻게 고치느냐는 이홍구에게 그 말만 했다. 의식을 바꿔라. 안 된다는 의식을 버려라. 공이 빠지면 어떡하나 생각하지 말아라.

결과를 의식하는 사람들은 어떤 벽에 부딪히면 부딪히자마자 '안 되겠다' 지레 겁을 먹어버린다. 아이디어가 생각이 나도 머뭇거리며 스스로에게 제동을 건다. '과연 될까? 안 되지 않을까?' 하면서 의심부터 하는 것이다. 그러나 결론을 의식해 버리는 순간 이미 시작하기도 전부터 마음속에서 실패한 것이다. 나도 그랬다. 저 선수를 올렸다가 안타를 맞으면 어떡하지, 하고 결과를 의식하면 결국 투수 교체 타이밍을 놓쳤고 나중에 후회하곤 했다.

물론 떠올린 아이디어가 막상 틀린 선택일 수도 있다.

하지만 그러면 어떻단 말인가. 틀리면 또 다른 문제점을 발견하고, 힌트를 얻을 수 있으니 오히려 좋다. 문제를 해결하면 길이 열리니까. 일단 시도하고 실패하면 다시 고민하고, 또 다른 아이디어를 떠올려내서 또 시도하는 것. 그것이 시행착오다. 시행착오는 고민과 아이디어 없이는 있을 수가 없다. 즉 시행착오 뒤에는 수없이 거듭하고 반복한 고민, 생각, 도전이 있다. 그러니 시행착오가 많은 인생이야말로 베스트인 인생 아니겠는가.

배고프다고 그냥 드러누워 있기만 하면 마냥 배고플 뿐이다. 영원히 환자다. 계속 아이디어를 찾아 헤매야 한다. 어느 문제에 너무 골몰하다 보면 밤이 되어도 잠이 오지 않고 밥도 먹히지 않는다. 물 마시는 것조차 잊어 숨이 꼴딱꼴딱 넘어갈 때도 있다. 그러다 보면 어느 순간 무릎을 탁 치게 만드는 아이디어가 나온다. '정말 그렇다고?' 의심할 필요 없다. 내 야구 인생이 그걸 증명할 수 있다. 그런 후에 아이디어가 나오면 이게 성공할까, 실패하면 어쩌나 망설이지 말고 그것을 바로 실행에 옮겨라. 그런 사람들이 끝내는 이기게 되어 있다.

남들의 위로 속으로
도망가지 마라

칼을 갈게 만든 최태원 회장의 한마디

"내가 발을 디뎌야 걸어갈 길이 생기고,
나라는 존재가 생기고, 나아갈 곳이 생긴다."

2009년 SK는 한국시리즈 7차전까지 갔지만 코앞에서 우승을 놓쳤다. 준우승, 뼈아픈 패배였다. 아프지 않은 선수가 없는 상황에서 이를 악물고 상처투성이가 되어 올라간 한국시리즈였다.

끝내기 홈런을 맞고서 벤치 뒤는 울음바다가 되었다. 나 자신에게 분하고 원통했다. 가슴이 무너지는 것 같았지만 모든 게 리더의 책임이니 나는 울 수조차 없었다. 그럼에도 구단에서 우승 축하 파티를 이미 다 준비해 놨고, 구단주까지 오셨으니 어쩔 수 없이 다 같이 회식을 했다. 그런데 그때 구단주였던 최태원 회장이 내게 이런 말을 건넸다.

"김 감독, 잘했어요."

그 말에 나는 머리가 완전히 핑 도는 것 같았다. 한이 맺힌 것이다. 패자는 잘했다는 소리를 들으면 열이 받아야 정상이다. 만약 회장님이 지금까지 뭘 했느냐고 야단을 쳤다면 내 기분은 오히려 나았을 것이다. 질책을 하면 겸허히 받아들일 작정이었다. 그런데 패장에게 잘했다니, 엄청나게 열이 받았다.

실패한 리더만큼 초라한 사람이 없다. 할 말도 없다. 오죽하면 '패자는 말이 없다'라는 말까지 있을까. 감독을 맡았다면 이겨야 한다. 벤치에 앉아서 판단하고 결단해서 결국 이기는 모습을 보여줘야 한다. 프로의 세계에 산다면 마땅히 이겨야 하는 것이다. 이겨야 재미가 있고 낙이 있다. 돈도 더 받게 되고 가정이 행복해진다. 그런데 내가 잘못된 결단을 내려 결국 지는 결과를 만들고 말았으니 선수들에게 그렇게 미안할 수가 없었다. 졌으니 할 말도 없었고 차마 어떤 말을 할 수도 없었다. 진 사람은 무슨 말을 하든 해명이 되기 때문이다.

사회적 지위가 높아질수록 해명이라는 것은 절대 해서는 안 되는 일이다. 해명은 곧 책임 전가와 같다. '이것 때문'이라고 무언가를 탓하는 것이니 그게 책임 전가가 아니면 무엇이겠는가.

주변에서는 한국시리즈까지 간 것만으로도, 그리고 7차전까지 간 것만으로도 대단하다며 위로해 줬다. 그도 그럴 것이 그해에는 팀에 아프지 않은 선수가 하나 없었다. 팀의 주축인 투수 김광현과 포수 박경완이 나란히 부상으로 시즌 아웃되어 꼼짝없이 그 둘이 없는 상태로 시합을 치러야 했다. 그런 상황에서도 악으로 내리 19연승을 올려 페넌트 레이스 2위로 시즌을 마감했고, 플레이오프에서도 다섯 경기를 모두 치른 끝에 한국시리즈까지 간 것이다. 부상 병동이 아닌가 싶을 만큼 다들 아픈 몸을 이끌고 시합에 나섰다.

그런 상황이니 옆에서는 그만하면 잘했다고 위로한 것이지만 나는 달갑지 않았다. 위로를 받아들이는 것 역시 내가 생각하기엔 타협이기에 그랬다. 위로를 받고서 '그래, 괜찮다, 이 정도면 잘한 것이다'라고 생각하는 게 타협이 아니면 무엇이겠는가. 타협이란 생각보다 꽤 여러 군데에 있다.

위로를 믿으면
강해질 수 없다

　나는 남들의 위로에 위로받지 않는다. 믿지 않기 때문이다. 동정은 한 번뿐이지, 진심으로 동정하고 위로하던 사람도 한 번을 넘어 두 번, 세 번 실패하면 비난하게 되어 있다. 아무리 가까운 사이라도 그렇다. 앞에서는 위로할지 몰라도 뒤돌아서는 지금까지 뭘 한 것이냐며 비난을 한다. 그래서 남의 위로는 진심으로 받아들여서는 안 되고, 거기에 도취되어서는 더욱이 안 된다. 나는 위로를 받아도 그저 담담하게 흘려들을 뿐, 거기에 위안을 느끼지 않았다.

　물론 회장님이 내게 잘했다고 위로를 건넸던 것은, 날 위로해 주려는 게 아니라 사실은 투지를 불태우라는 메시지를 주기 위함이 아니었나 싶다. 리더가 할 수 있는 말에는 "잘했어"와 "지금 뭘 하고 있는 거야" 두 가지가 있는데, 그분은 야단치지 않는 길을 선택한 것이다. 아마 내가 잘했다는 말을 들으면 크게 반발하고 각성할 거라고 생각했기에 그렇게 말하지 않았을까. 야단을 치지 않고서도 각성을 시켰으니 어쩌면 리더로서는 베스트인 처신이었다.

나는 '잘했다'는 그 회장님의 말을 듣고 두고 보라고 생각했다. 가슴에 독을 품었다. 만약 그 말을 듣고서도 위로를 곧이곧대로 믿고 "예, 감사합니다" 하며 넘어갔으면 그다음 해에도 나는 우승하지 못했을 것이다.

이 세상에서 제일 약한 사람이 남에게 위로받길 바라고 동정을 원하는 사람이다. 인간은 언제나 마지막 순간엔 자기 혼자뿐이라는 사실을 기억해야 한다. 남에게 기대봐야 변할 수 없다.

물론 현실이 불만스러울 수도 있고, 실제로 환경이 많이 부족할 수도 있다. 집이 가난하고, 타고난 소질이 부족하고, 머리가 나쁘고, 몸이 다쳤고…… 탓할 것을 찾으면 손가락을 돌릴 곳은 무수하게도 많다. 그래도 해결은 결국 자신이 해야 한다. 남 탓을 하고, 그러면서 세상의 동정이나 위로를 받고 싶어 하는 것은 약하다. 더군다나 불평한다고 해서 나아질 것도 없다. 그런데 왜 헛되이 시간을 허비하려 하는지 나는 모르겠다.

결국 세상을 살아가는 것은 온전히 나 혼자의 몫이다. 나는 스스로 모든 걸 해결하려 했다. 어떻게 보면 이기주의로

사회적 지위가 높아질수록

해명이라는 것은 절대 해서는 안 되는 일이다.

해명은 곧 책임 전가와 같다.

'이것 때문'이라고 무언가를 탓하는 것이니

그게 책임 전가가 아니면 무엇이겠는가.

보일지도 모르겠지만, 그것이 내가 살아가는 방식이었다.

그래서 나는 종교가 없다. 개인적인 생각이지만, 기댈 곳을 갖고 있으면 사람은 약해진다고 본다. 옛날 일본에 미야모토 무사시라는 검객이 있었다. 오직 진검만을 들고 싸운 무사다. 그는 둘 중 하나가 팔다리가 부러지거나 죽어야 끝나는 승부를 하며 평생을 살았다. 우리 인생도 마찬가지다. 오늘 죽을지, 내일 죽을지 모른다는 마음가짐으로 매 순간 스스로 헤쳐 나가며 살아야 한다.

내가 발을 디뎌야 걸어갈 길이 생기고, 나라는 존재가 생기고, 나아갈 곳이 생긴다. 내가 강해져야 후회 없는 인생을 살 수 있다. 남들이 아무리 '그쯤 했으면 괜찮다'고 위로해도 그것은 내 인생과 아무런 상관이 없는 남의 말일 뿐이다. 그러니 위로를 받아들인다는 건 결국 내 앞길을 막는 행위인 것이다.

파울은
실패가 아니다

고양원더스 선수들에게 알려주고 싶었던 것

"감독에서 잘려도, 수없이 비난받아도
나는 야구를 포기하지 않았다. 그러니까 아직도 야구를 한다."

나는 감독을 한 대부분의 팀에서 속된 말로 잘렸다. 그럼에도 어떤 팀을 특별히 원망하거나, 안 좋은 감정이 남아 있지는 않다. 그것은 내가 미련이 남지 않을 만큼 전념했기 때문이 아닌가 싶다. '포기하지 않으면 이길 수 있다.' 그것이 내가 야구장에서 알게 된 인생이다.

야구장에서는 타자가 파울을 치면 팬들은 격려를 하고 응원한다. 개중에는 실망해서 탄식하는 사람도 있지만, 대부분은 일단 타자가 공에 방망이를 갖다 대기라도 하면 더 크게 응원한다. 파울을 치면 또 다시 타격 기회가 주어지기 때문이다. 두 번째 파울까지는 스트라이크 개수가 올라가지만 그다음부터는 몇 번을 치든 똑같이 투 스트라이크다. 파울을 세 번 치든 다섯 번 치든 열 번을 치든 타자에게는 계속 기회가 주어진다. 그러니 팬들은 계속 목청껏 응원하고, 타자는 포기하지 않고 끈질기게 매달리는 것이다. 파울을 쳤다는 건 냉정하게 말하면 실패나 마찬가지다. 안타를 친 게 아니니까 그렇다. 그렇지만 다음 기회는 계속 주어진다. 그것이 바로 야구가 알려주는 인생 아닌가 싶다. 누구든 실패할 수 있지만 그것은 곧 다시 시작할 기회가 있다는 뜻이라고.

내 인생도 그렇다. 나는 파울을 무지하게 친 사람이다. 프로야구팀 감독직에서 잘린 것만 일곱 번이니, 그것만 보면 얼마나 실패한 인생인가. 그러나 나는 그럴 때마다 다음이 있다는 생각으로 묵묵히 인내하며 기회를 기다렸다. 그걸 보면 인내란 마냥 참고 기다리는 게 아니라 다음을 위한 준비, 그러니까 기회가 아닌가 싶다.

누구든 실패를 겪지만 포기하지만 않으면 기회는 온다. 설사 그다음에 주어진 기회에서 또 실패하더라도 무언가를 배운다. 문제를 알고 고칠 수 있게 되며, 프로세스를 얻는다. 포기하지 않는 게 가장 중요한 이유다.

고양원더스 선수들에게 제일 알려주고 싶었던 것도 그 것이었다. 고양원더스는 독립 야구단으로, 프로가 아닌 아마 추어 선수들이 모인 팀이었다. 감독이 되고 처음 가보니 상태 가 심각했다. 야구선수가 맞나 싶었다.

프로에 있다가 방출돼서 온 선수도 있고, 트럭 운전수 도 있고, 술집에서 아르바이트하던 선수도 있었다. 프로팀과 는 판이하게 달랐다. 처음에는 가르쳐도 가르쳐도 도무지 바 뀌지가 않아서 고민을 엄청나게 했다. 어떤 선수는 하루 종일 가르쳐놔도 뒤돌아서면 금세 잊어버리고 원래대로 돌아오기 일쑤였다.

'이렇게 해도 안 되고, 저렇게 해도 안 되니 그럼 대체 뭘 어떻게 해야 하나.'

어느 날은 그 고민에 빠져 정말 한숨도 자지 못한 채 밤 을 새고 꼬박 생각했다. 도저히 안 될 것 같았다. 그만두려는 쪽으로 마음이 기울었다. 그런데 새벽녘에 생각이 바뀌었다. 이 선수들을 버리고는 절대 못 가겠다 싶었다. 그래, 다시 가자, 포기하지 말고 해보자. 그 이야기를 다음 날 미팅 때 선수들에게 털어놓았다.

고양원더스 선수들은 말하자면 패자부활전을 치르고 있는 것이었다. 그 시기를 인생의 전환기로 만들어주고 싶었다. 물론 프로야구 선수가 될 수 있을지 아닐지는 모른다. 냉정하게 따지면 프로야구 선수로서 성공할 확률은 극히 낮았다. 어쩌면 다른 길을 빨리 찾는 게 더 나을지도 모른다. 그래도 나는 어려운 환경 속에서도 야구를 하겠다는 길을 택한 선수들 하나하나에게 포기하지 말라는 정신을 알려주고 싶었다.

포기하지 않는 마음이 쌓여
인생을 바꾼다

한계를 넘으려고 온 힘을 다했던 경험, 뭘 하든 남에게 지지 않을 거라는 마음. 그걸 알려주고 싶었다. 인생 전체를 두고 보면 야구보다도 어마어마하게 귀중한 것이 될 터였다.

"지금 이 과정을 통해 성공하면 참 다행이겠지만, 혹시 성공하지 못한다고 해도 너희들이 도전하고 시도했던 정신만큼은 잊어버리지 마라, 평생. 여기에서 가능성이란 걸 배워가라. 나도 포기하지 않고 열심히 해볼게."

실패했을 때, 실수했을 때, 못한다는 말을 들었을 때 거기서 그냥 포기하는 사람과 '어떻게 방법이 없을까?' 하고 고민하는 사람 사이에는 갈수록 차이가 넓어진다. 포기해서는 안 되는 이유다. 포기한다는 것은 곧 기회를 버리는 것이다. 순간순간 자기의 한계를 넘어서면서 새로운 길을 찾아가는 것, 그것 역시 또 하나의 성공이다.

내가 자주 하는 말이, 식은 밥을 잘 먹는 사람이 출세한다는 것이다. 결국 사람의 인생은 역경에 몰렸을 때 어떻게 행동하느냐에 따라 결정된다. 역경이 왔을 때 포기하는 사람과 거기서 돌파구를 찾아내는 사람의 인생은 시간이 지나보면 엄청나게 벌어져 있다.

역경은 누구에게나 온다. 그것을 어떻게 극복하고 넘기느냐가 중요하다. 홈런을 치고 안타를 만들 수 있다면 파울은 몇 번을 쳐도 괜찮다. 감독에서 잘려도, 수없이 비난받아도 나는 야구를 포기하지 않았다. 그러니까 아직도 야구를 한다.

2장

나는 비관적인 낙천주의자

'어차피 안 돼'에서 '혹시'로, '혹시'에서 '반드시'로

없는 것을 비난하는 사람은 약하다

내리막길을 달리고, 돌멩이를 던지며

"근본은 비관적이지만 해결해 나갈 방법을 찾을 때는 긍정적으로.
나는 내 성격 중 이런 점을 가장 좋아한다."

고등학교 1학년 가을, 처음으로 투수로서 경기에 선 날이었다. 첫 두 타자에게는 연속으로 삼진을 잡아내는 데 성공했다. 그러나 이어서 나온 세 타자에게는 내리 볼넷을 내줬다. 결국 얼마 던지지도 못한 채 강판되었다. 성에 차지는 않았지만 그런대로 가능성을 보여줬다는 생각에 아주 아쉽기만 한 등판은 아니었다.

그러나 문제는 타자로서였다. 첫 타석에 중견수 앞에서

바운드되는 안타를 쳤다. 누가 봐도 안타, '됐다' 하고 신나서 1루까지 달려갔다. 그런데 죽어라 뛰어서 1루에 도착하니 심판이 아웃 선언을 하는 게 아닌가. 관중석에서도, 상대편 덕아웃에서도 폭소가 터졌다. 심지어 우리 팀 동료들도 실소를 짓고 있었다.

무슨 일인가 하니, 내가 친 공을 중견수가 잡아 송구해 1루수가 잡을 때까지 내가 1루에 도착하지 못한 것이다. 공을 아주 멀리 보낸 건 아니었지만 평범한 주력이라면 1루까지는 충분히 갈 수 있을 안타였다. 그러니 사실 1루까지 못 간 나도 미친 것이고, 그렇게나 빨리 송구를 한 중견수도 미친 것이다. 잘 맞은 타구였는데…… 어깨가 보통 좋은 게 아니었나 보다.

사실 나는 소질이 없는 선수였다. 처음 야구를 시작했을 때 포지션은 우익수였는데, 당시만 해도 좌타자보다 우타자가 많아서 우익수 쪽으로는 공이 잘 안 간다며 수비를 못하는 선수에겐 우익수를 맡기던 시절이었다. 게다가 타순은 9번. 굳이 말하지 않아도 그때 내 실력을 알 수 있는 부분이다. 주력도 나빴다. 100m를 고작 17초에 뛰었는데, 야구선수로서는 속된 말로 '모가지'인 수준이다. 그때야 워낙 선수가 부족하니 기용을 해줬지, 지금의 야구단이라면 팀에 들어가 보지도 못했을 것이다. '중견수 앞 땅볼 아웃'이라는 충격적인 성적표를 받아 든 그날부터 나는 어떻게 하면 빨라질 수 있을지, 그 방법을 찾는 데만 몰두했다.

　　고민 끝에 떠올린 방법은 육상부 감독에게 조언을 구하는 것이었다. 곧바로 찾아가 어떻게 해야 빨라질 수 있느냐고 물었더니, 감독은 내리막길을 뛰는 훈련을 해보라고 권했다. 내리막길을 달리면 평지와 달리 가속이 붙기 때문에 넘어지지 않으려면 하체에 힘을 줘야 하므로 자연스럽게 하체가 튼튼해지고 달리는 속도도 빨라진다는 것이었다.

　　그 말을 듣고 곧바로 그날부터 매일 한 시간도 넘게 내리막길을 달렸다. 돈 한 푼도 안 드는 훈련인데 어려울 게 뭐가 있겠는가. 이 이야기를 들려주면 으레 사람들은 '그래서 얼마나 빨라졌느냐?'고 묻는다. 그러나 여기서 중요한 것은 결과가 아니다. 자신의 밑바닥을 얼마나 똑바로 바라보고, 지금 처한 상황 속에서 그럼 무엇을 해야 하는지를 냉정하게 생각하면서 문제를 해결하는 데 의식을 집중했느냐이다. 사람을 발전시키는 데는 그것이 가장 크게 작용한다.

비관적인 상황 속에서도 골똘히 고민해 어떻게든 아이디어를 내고, 긍정으로 바꿔가는 게 베스트다. '괜찮다'고 자기 자신을 속이거나, '가진 게 부족해서 그렇다'며 없는 것을 비난하는 사람은 약하다.

비관 속에서
더욱 깊이 뿌리내리는 아이디어

나는 한국 실업팀에 들어가서야 처음으로 새 옷을 사서 입어봤다. 그 전까지는 형이 입던 옷을 물려받기만 했다. 형수가 만들어주는 내 도시락 반찬은 오직 간장뿐이어서, 반 아이들이 가난하다고 놀려대는 통에 그게 싫어 학교에 가지 않은 적도 있었다. 아주 가끔 우메보시(매실절임)라도 올려주는 게 가장 호사스러운 도시락이었다. 그만큼 우리 집은 지독하게 가난했다.

그럼에도 우리 집은 왜 이렇게 가난하냐고, 어머니는 왜 돈이 없느냐고 부모님을 탓하거나 원망해 본 적이 없다. 남들의 상황이 딱히 부럽지도 않았다. 없으면 없는 대로 내 인생을 살려 했지, 남들은 어떻게 사나 이리저리 살피지 않았다. 워낙 가난하니 아르바이트도 안 해본 게 없었는데, 고등학교 학비를 벌기 위해 자전거에 우유 300~400병을 싣고 배달할 때도 '목적지까지 오늘은 어제보다 5초만 더 빨리 가보자!' 하며 내 나름의 즐거움을 찾았다.

어떤 상황에 놓이든 그걸 스스로 타개할 아이디어를 찾는 게 나의 삶이었다. 고등학교 때 갑자기 투수를 해보라는 이야기를 들었을 때도 그랬다. 하루 벌어 하루 먹고사는 우리 집에 글러브나 야구공 같은 진짜 야구 용품이 있을 리 없었지만, 투수로 시합에 나갈 수 있다는 사실이 마냥 기뻤을 뿐 부족한 환경은 아무렇지도 않았다.

그저 내가 지금 할 수 있는 걸 찾았다. 어떻게 연습할까 생각하다가 찾은 방법은, 집 앞에 흐르는 가쓰라 강에 가서 돌멩이를 수도 없이 던지는 것이었다. 잡지나 신문에 실린 투수들의 사진을 보고 잘하는 투수들의 투구 폼을 그럴싸하게 흉내 내보고, 하루에 돌멩이를 200개씩 던졌다. '가졌냐, 못 가졌냐'는 중요하지 않았다. '된다, 안 된다'를 따지지 않았다. '무조건 되게 한다'는 방향만 생각했다. 나는 그러한 내 기질

비관적인 상황 속에서도 골똘히 고민해
어떻게든 아이디어를 내고,
긍정으로 바꿔가는 게 베스트다.

'괜찮다'고 자기 자신을 속이거나,
'가진 게 부족해서 그렇다'며
없는 것을 비난하는 사람은 약하다.

에 살면서 많은 도움을 받았다.

　　슬프든, 가난하든 그 속에서 인생을 어떻게 살아가느냐가 중요하다. 슬프다면 그걸 즐거움으로 바꿔나갈 수 있도록, 가난하면 가난함을 도리어 날 성장시킬 기회로 승화시킬 수 있도록. 근본은 비관적이지만 해결해 나갈 방법을 찾을 때는 긍정적으로. 나는 내 성격 중 이런 점을 가장 좋아한다.

최악을 가정하고
최선을 준비한다

어떤 위기가 와도 당황하지 않는 법

"마음속으로 그 비관들을 역전시킬 최상의 방법을
준비해 놓는다. 그러면 역설적으로 위기가 오지 않는다."

인간의 인생은 비관이라는 생각을 자주 한다. 매일, 매번 슬픔과 마주해야 하니 그렇다. 그러나 슬픔과 마주칠 때마다 슬퍼하고 투덜대기만 하면 진전되는 게 없다. 또한 슬픔을 만난다고 해서 좌절할 이유도 없다. 그 속에는 반드시 길이 있어서, 슬픔을 헤치고 가면 길이 생기기 때문이다.

이렇게 말하면 사람들은 내게 "감독님은 참 낙천적이십니다"라고 말한다. 틀렸다. 나는 근본적으로 만사가 굉장히 부정적인 사람이다. 이건 사람들이 잘 모르는 내 기질인데, 나는 대체로 부정적으로 생각한다. 그 부정적인 것을 긍정적으로 만들어가는 게 나의 인생이었다. 말하자면 나는 '비관적인 낙천주의자'인 셈이다.

나는 야구를 할 때면 항상 최악의 상황을 가정하곤 한다. '홈런 맞으면 어떡하지?', '혹시 실책이 나오면 그다음엔 어떻게 하지?', '이번 투수가 점수를 못 지키면 다음에는 누구를 써야 하나?' 이렇게 속으로 최악의 상황을 어마어마하게 상상한다. 이것 자체만 보면 비관이다. 하지만 이 문제들을 해결하는 방법까지 생각이 뻗을 때면 나는 엄청난 낙천주의자가 된다.

'홈런을 맞으면 바로 투수 교체를 해서 더 이상의 실점이 없게 하자', '실책으로 출루를 허용하면 그다음엔 반드시 병살을 유도하자', '1군에서 부상자가 나올 수 있으니, 2군을 부지런히 키워놔 백업 자원을 만들어놓자'……. 혼자 마음속으로 그 비관들을 역전시킬 최상의 방법을 준비해 놓는다. 그러면 역설적으로 위기가 오지 않는다. 그게 내가 생각하는 위기관리다. 아예 위기가 오지 않게 만드는 것이다.

나는 심지어 아무리 좋은 상황이 와도 기뻐하거나 낙관하지 않았다. 어떤 타자가 컨디션이 좋아 3할, 4할씩 친다고 해도 '이제 곧 컨디션이 떨어질지도 모른다', '얼마 안 가서 슬럼프를 겪을 수도 있다' 하며 아직 다가오지도 않은 일에 비관적인 상상을 한다. 높이 오를수록 충격이 큰 법이니 더 단단하게 대비를 해두는 수밖에 없는 것이다.

최악의 상황을 가정해 놓으면 팀이 3연패, 5연패를 해도 '아, 그렇지, 올 게 왔구나' 싶다. 기다렸던 친구를 만난 기분이니 무슨 일이 생기든 흔들리지 않는다. 위기가 올 것쯤이야 이미 알았고, 준비도 해놨으니 오히려 거기서 동력이 생긴다. 그래, 가자.

야구뿐 아니라 인생 속에서도 마찬가지였다. 재일교포라는 이유로 일본의 야구단 입단 테스트에서 줄줄이 고배를 마셔야 했을 때도 슬픔에 잠겨 있지 않았다. 사실 남의 나라에서 사는 데 차별이 아예 없을 수가 없다. 그렇게 비관하고 있었으니 진짜 비관적인 일에 마주했을 때도 별다른 동요 없이 그다음 방법을 준비할 수 있었다.

이렇다 할 특출 난 선수가 없는 약팀을 맡았을 때도, 부상자가 연달아 발생할 때도 당황하지 않았다. 슬퍼하고 원망

할 시간에 이길 방법만을 궁리했다. 평소 비관적으로 있었기에 상황을 역전시킬 아이디어를 머릿속에 차곡차곡 비축해 두고 있었던 덕분이다. 열악한 상황에서 가난하게 야구를 했기에 그 정도로 절박하게 야구를 할 수 있었다. 어쩌면 모자랐던 환경이 내게는 행운이지 않았나 싶다.

이길 때는 비관주의자, 질 때는 낙천주의자의 마음으로

태생이 긍정적인 사람은 부정적인 상황이 오면 당황한다. 처음 자기 머릿속에 구상하지 않았던 게 나타나니 문제를 해결할 방법을 찾지 못해 우왕좌왕하며 얼뜨기같이 굴다가 십중팔구 거기서 다 무너진다. 그러나 처음부터 부정적으로 생각하고 온갖 상황을 미리 상상해 놓는 사람은 부정적인 상황이 와도 전혀 당황하지 않는다.

상대방이 안타를 치든 말든 내 표정이 바뀌지 않는 이유다. 위기가 와도 그냥 왔구나, 생각한다. 그 순간 당황하는 대신 방법을 찾으려고 애쓴다. 아마 그러니까 몇 번을 잘려도

최악의 상황을 가정해 놓으면
팀이 3연패, 5연패를 해도
'아, 그렇지, 올 게 왔구나' 싶다.
기다렸던 친구를 만난 기분이니
무슨 일이 생기든 흔들리지 않는다.

위기가 올 것쯤이야 이미 알았고, 준비도 해놨으니
오히려 거기서 동력이 생긴다.

그래, 가자.

큰 동요 없이 야구를 계속할 수 있었던 게 아닌가 싶다. 물론 그 순간은 당연히 슬프다. 마음도 쓰라리다. 그래도 그 상황에 계속 빠져 있지는 않는다.

한국어에 보면 '어차피', '혹시' 그리고 '반드시'라는 말이 있다. 나는 '어차피' 속에서 '혹시'를 만들어내는 게 최고의 인생이라고 본다. '어차피'는 안 된다는 뜻, 그러니까 최악인 상황이고 '혹시'는 조그만 희망이다. '혹시'라는 가능성이 생겨나면 마음에 갈등이 생긴다. 그 조그만 희망에 기대를 걸어봐야 할지, 아니면 안 될 게 뻔하니 깨끗이 포기해야 할지 그 사이에서 헤매는 것이다.

나는 '어차피' 속에서도 '혹시'라는 가능성을 무궁무진하게 상상하고 그것들을 '반드시'로 만들었다. 최악의 상황에서도 최선을 다해 최고의 결과를 내는 것, 그게 내가 여태껏 해온 일이었다. '어차피 돈이 없으니까', '어차피 나는 재능을 타고나지 못했으니까', '이 팀은 어차피 뛰어난 투수가 없으니까'⋯⋯. 그런 생각은 하등 필요가 없다. 그렇게 수많은 '어차피'가 있다면 그 비관적인 상황을 돌파할 아이디어를 미리 찾아놓으면 되지 않는가.

'달리기 시간을 재면서 우유 배달을 한다면 혹시 돈도

벌고 다리 근력도 키울 수 있지 않을까', '특출 나게 뛰어난 투수는 없어도, 투수 여럿을 쓰면 혹시 막을 수 있지 않을까' 이런 마음들이 모여 '김성근이 감독을 맡으면 반드시 새로운 야구를 한다'는 결과를 만들어냈다. 이길 것 같을 때는 비관하고 질 것 같을 때는 오히려 낙관하는 것, 그게 무엇이 다가올지 모를 인생의 순간순간에 가장 최선의 '준비'인 것이다.

부정을 긍정으로
스위치!

2007년 한국시리즈에서 배운 '아직'의 힘

"안 될 때, 실패할 때, 아플 때는 자기도 모르게 성장하고 있어.
단지 그 아픔을 실패로 끝내느냐,
시행착오로 바꾸느냐 하는 문제지."

2007년 한국시리즈 당시 우리는 1차전과 2차전 모두 패배했다. 한국시리즈 1, 2차전을 다 지고서도 우승한 케이스는 그때까지 단 한 번도 없었다. 더군다나 상대는 포스트시즌 경험이 많아 노련한 두산이었기에 매스컴도, 야구계도 전부 SK의 패배를 예측했다.

모든 잘못은 전부 내가 한 것 같고, 내가 무능한 탓 같았다. 그런데 내가 리더이니 그걸 누구한테 말할 수도 없었다.

리더가 포커페이스를 잃는다면 다들 완전히 불안과 패닉에 빠질 터였다. 어쩔 수 없이 말도 못 하고 혼자 감독실에서 새벽까지 드러누워 끙끙 앓았다. 그런데 두 시 반쯤 되었을 무렵, 문득 머릿속에 어떤 생각이 떠올랐다.

'2패 했어도 아직까지 괜찮지 않나?'

그 '아직'이라는 한 단어가 퍼뜩 떠오른 순간 마음이 가벼워졌다. 그 전까지는 계속 '벌써 2패나 했는데 어떡하지' 하며 전전긍긍하다가, '아직 기회가 있다'로 바뀌니 의식이 완전히 달라진 것이다. 한국시리즈는 7판 4선제, 설사 한 번을 더 진다 해도 기회는 있었다. 그렇게 생각하니 순식간에 마음이 편해졌다. 그렇게 마음을 다잡은 덕에 그다음 시합부터 내리 이겨서 우승할 수 있었다. 나는 이 우승에는 '아직'이라는 마음가짐이 큰 기여를 했다고 본다. 만약 끝까지 '벌써'라는 생각에 매여 있었으면 아마 그해 우승은 없었을 것이다.

살아보니 인생에는 그런 게 중요하다. 버리는 것 말이다. 선입견을 버리는 것, 상식을 버리는 것, 과거를 버리는 것.

고양원더스에 갔을 때도 내가 선수들에게 처음 한 말이 '과거를 버리라'는 것이었다. 고양원더스 선수들은 주로 구단에서 방출을 당했거나 드래프트 때 지명되지 못한 경우들이다 보니 어딘가 주눅이 들어 있는 경우가 많았던 것이다.

"과거에 실수를 했든 실패를 했든 그런 건 다 버려라. 그 때의 생각, 방법이 나빴을 뿐이지 너희가 나쁜 게 아니다. 생각, 방법, 임하는 자세를 바꾸면 새로움이 나와. 안 될 때, 실패할 때, 아플 때는 자기도 모르게 성장하고 있어. 단지 그 아픔을 실패로 끝내느냐, 시행착오로 바꾸느냐 하는 문제지. 그리고 그건 사람의 생각과 행동에 달려 있는 거야."

이는 선수들을 처음 만날 때면 내가 항상 하는 말이다. 모든 일이 그렇다. 지금까지 50년이 넘게 지도자 생활을 하며 무수히 많은 선수를 만났다. 그 선수들을 보며 몇 번이나 느낄 수 있었다. 생각이 바뀌면 행동이 바뀌고, 행동이 바뀌면 습관이 바뀌고, 습관이 바뀌면 운명도 바뀐다. 그러니까 아무리 상황이 좋지 않고 스스로가 모자란다 해도, 그것을 어떻게든 바꿔나가겠다는 의식으로 지금 당장 사력을 다하면 되는 것이다.

모든 일에는 항상 실패가 붙어 다닌다. 야구도 그렇다.

아홉 개의 이닝, 스물일곱 개의 아웃카운트. 가장 최소한이라고 해도 팀에는 스물일곱 번의 찬스가 오고, 또 똑같이 스물일곱 번의 핀치pinch가 온다. 아니, 사실 찬스의 순간도 핀치의 순간도 셀 수 없이 많다.

그 순간순간의 기회에 매번 성공하는 사람도, 반대로 매번 실패하는 사람도 없다. 이번 타석에 안타를 쳤다 해서 다음 타석에도 또 안타를 치는 게 아니다. 아까는 삼구삼진으로 호쾌하게 잡아낸 타자에게 만루 홈런을 맞을 수도 있는 게 야구다. 그러니 '과거'란 것에 무슨 의미가 있겠는가? 아무 쓸모도 없다. 과거에 얽매이지 말고, 실패했다면 이유가 무엇이고 그걸 어떻게 성공으로 바꿔나갈 수 있을지를 고민하는 데 전념해야 한다.

통산 1384승이
오늘의 승리를 보장해 주지 않는다

또 하나 기억해야 할 것은 과거의 영광도 버려야 한다는 점이다. 과거에 성공했다고 해서 마음을 놓아서는 안 된다. 사실 제일 위험한 게 이미 낸 성과에 만족하는 것이다. 이겼다고 해서 거기에 만족하고 도취되어 있으면 바로 약해진다. 이미 상대 팀들은 자기들이 왜 졌는지, 저 팀이 무엇 덕분에 이겼는지를 다 분석하고 있는데, 지나간 승리에만 집착하고 있으면 다음 승부는 질 게 뻔하다. 이긴 것은 지나간 것, 대비해야 하는 것은 내일의 것. 그러니 '다음은 무엇일까'를 계속 고민해야 한다. 성공한 순간 과거를 버리고 그다음 단계로 넘어가는 것이다.

실패에 붙잡혀 있든, 성공에 도취되어 있든 과거에 매여 있는 것만큼 미련한 짓이 또 없다. 나 역시 감독으로서 1384승을 올렸지만 그게 오늘의 승리를 보장해 주지는 않는다. 오늘 시합, 내일 시합, 모레 시합……. 고민이 계속 생겨난다. 고민하고, 머리를 싸매고, 아이디어를 찾아 헤맨다.

야구는 매일 시합을 한다. 오늘 이겼다고 만족해서 훈련을 게을리하면 다음 날은 어김없이 진다. 어떻게 보면 야구를 했기에 과거에 매달려서는 안 된다는 걸 인생으로 배워간 것 같다. 매일 다음 경기를 준비하려면 오늘 이겼다고 해서 유유자적할 수도 없고, 졌다고 해서 절망할 수도 없었으니까. 오늘은 이미 도망갔으니 과거는 매일 지워나가야 한다. 연승하고 있다면 언젠가 연승이 끝나리라 각오하고, 연패하고 있다면 반드시 연패를 끝내겠다고 각오하는 것이다. 인생은 오늘, 그리고 앞뿐이다.

이긴 것은 지나간 것,

대비해야 하는 것은 내일의 것.

빗속에서
네 시간이라도 뛰는 마음

0.1%를 믿고 꿋꿋이 나아갈 것

"나는 내가 찾은 0.1%를 믿고 싸움을 해왔고,
그걸로 싸워 결국은 이겼다."

최강야구 시합을 하며 한 선수를 심하게 야단친 적이
있다. 1, 2루에 주자가 나가 있고 원 아웃인 상황이었다. 상대
투수는 제구가 안 돼 흔들리는 중이어서 볼 카운트가 노 스
트라이크 3 볼까지 갔다. 게다가 뒤에는 타율 높은 타자들이
연이어 대기 중이었다. 그런데 그런 상황에서 애매하게 스윙
하는 바람에 맥없이 아웃이 된 것이다.

이건 아니다 싶었다. 제구가 안 되는 투수와 상대하는

데 3 볼 상황에서 스윙을 한다는 건 그 자체가 난센스일뿐더러, 만약 스윙을 한다면 안타가 될 확률이 높은 볼에만 신중하게 방망이를 냈어야 한다. 앞에 있는 주자가 어떻게 나갔나, 지금 볼 카운트가 몇인가, 상대 투수의 컨트롤이 어떤가, 내 다음에는 어떤 타자가 나오는가……. 그 수많은 상황과 근거들을 종합적으로 생각해 그 순간 어떻게 행동해야 할지를 결정해야 하는 게 프로다. 모든 일에는 순간적인 핸들링handling 이 필요한 것이다. 그런데 힘없는 스윙으로 아웃되어 버리다니, 지금 근거를 갖고 야구를 하긴 하는 건가 싶었다. 게다가 그 근거는 자기 속에 있어야 하는데, 자기 이야기가 아니라 코치의 사인을 보고 한 것이라는 둥 해명 같은 이야기를 하길래 그것 때문에 더 야단을 쳤다.

더는 연습에 나오지 말라고 했다. 그런데도 다음 연습 때 왔길래 집에 가라고, 여기서 연습하지 말라고 몇 번이고 말했다. 그런데도 그 선수는 거의 네 시간 가까이 혼자 묵묵히 운동장을 뛰었다. 도중에 비가 쏟아졌는데도 개의치 않고 운동장을 내내 뛰다 돌아갔다.

이 이야기를 하면 사람들은 내가 내심 그 선수가 뛰어

주기를, 뛰면서 반성하기를 바랐다고 생각하는데 사실 나는 그 선수를 안 볼 작정이었다. 집에 가라고 한 말 그대로였다. 그 선수가 한 행동이 팀을 생각할 줄 모르는, 팀에 해가 되는 것이었기에 조직과 함께 갈 수 없다고 생각한 것이다.

나는 실력이 모자라다고 해서 선수를 버리지는 않는다. 어떻게든 그 선수가 쓰일 적재적소를 찾아 팀도 살리고 선수도 살린다. 그러나 팀에 해가 되는 존재라면 다르다. 반대로 실력이 아무리 뛰어나고 대단한 선수일지라도 팀을 하나로 만드는 데 방해가 된다면 쓸모가 없는 것이다. 그런데 그 선수의 말 한마디가 내 생각을 바꿔놓았다.

"뛰는 동안 제 머릿속에서, 제 몸에서 야구가 없어지는 줄 알았습니다."

네 시간을 뛰는 동안 오직 그 생각만 들었다고 했다. 야구가 사라지면 어떡하나, 나는 야구밖에 없구나. 베스트인 말이다. 그 정도의 의식을 갖췄다면 다시 키워볼 만하다는 생각이 들었다. 그래서 다시 받아준 것이다.

끝끝내 0.1%를 찾는 사람이
세상을 움직인다

누구에게나 하나씩 품은 꿈이나 희망이 있을 것이다. 그걸 이룰 방법은 자기 스스로 찾아내야 하고, 길을 찾는 것은 당연히 어렵다. 그런데 아직 길을 찾아가는 과정인데도 놀고 싶다거나 쉬고 싶다거나 게으름을 피우면 아무것도 할 수 없다. 에베레스트 산을 올라가는 등산가들을 생각해 보라. 올라가는 도중에 동상에 걸려 손가락, 발가락을 자르는 걸 감수하고도 도전 또 도전하는 것이다. 힘들어서 못 하겠다거나 쉬고 싶다는 의식은 그들에겐 없다. 그 정도의 마음가짐이 있어야 뭐든 이룰 수 있다.

산이란 건 멀리서 보면 낮지만 가까이 갈수록 높다. 꿈도 똑같다. 가까이 다가갈수록 숨이 차고, 힘들고, 괴롭다. 여기쯤에서 그만두거나 쉬어버리고 싶은 마음이 생긴다. 멀리서 보던 때와는 전혀 다른 것이다. 그럼에도 한 발 한 발 디뎌가는 속에 미래가 있다.

물론 벽에 부딪히고 답답하면 잠시 숨을 돌릴 수는 있다. 그러나 그 숨을 돌리는 동안에도 자기 속에 미래에 대한 생각을 갖고 있어야 한다. 그런데 대부분이 놀 때는 미래를 완전히 뒷전으로 생각하니 뭘 하든 넥스트next로 이어지는 게 없다.

젊은 나이이니 당연히 놀고 싶을 것이다. 애인도 사귀고 싶고, 술도 마시고 싶다. 노는 것 자체는 좋다. 그러나 노는 와중에도 내 앞의 문제를 놓치지 말아야겠다는 의식이 필요하다. 만약 문제를 해결할 방법이 생각났다면 그 즉시 일 속으로 돌아가야 한다. 마냥 놀기만 해서는 안 된다. 그런 결단력을 가진 사람들이 세상을 이겨내지 않나 싶다. 미래를 생각하지 않고 그저 지금 노는 데만 정신이 팔려 있다면 당장은 좋을지 몰라도 뒤에 가서는 인생에 남는 게 아무것도 없다.

앞서거니 뒤서거니 하다가도 끝까지 0.1%를 찾는 사람이 세상을 움직인다. 아마 연습하지 말고 집에 가라는 말에 대부분은 '오늘은 그냥 포기하자' 하고 집에 돌아가 다른 기회를 노렸을 것이다. 그게 99.9%다. 그러나 99.9%가 포기하더라도 0.1%의 누군가가 이기는 게 세상이다. 빗속에서 꼬박 네 시간을 뛰어서라도 야구를 하려 한 그 의식이 세상에서 승부하기 위해서는 필요하다. 그런 사람들이 무언가 해낸다.

나는 꼴찌 팀에 가더라도 0.1%를 발견할 수 있다고 믿었다. 세상 사람들이 김성근의 야구는 옛날 야구네, 일본식 야구네 별 소리를 다 하며 비난을 해도 나는 내가 찾은 0.1%를 믿고 싸움을 해왔고, 그걸로 싸워 결국은 이겼다. 그 0.1%를 찾아야 한다.

　　'김성근은 단순히 운이 좋았던 것 아니냐' 하는 사람들에게 나는 이렇게 말하고 싶다. 당신은 그 0.1%를 안 찾아다니지 않았느냐고.

리더는 마지막까지
희망을 놓지 않는 사람이다

리더로서 가져야 할 낙관의 덕목

"내가 어떻게 하느냐에 따라 선수들의 미래가 바뀌고
인생이 바뀐다. 그러니 쉽게 포기하고 버릴 수 없는 것이다."

나는 언제나 리더는 부모와 같다고 말해왔다. 리더는 인내해야 하고, 솔직해야 하고, 공평해야 한다. 부모와 똑같다. 아이는 걸음마 연습을 할 때 엄청나게 많이 넘어진다. 채 한두 걸음도 걷지 못한 채 넘어지고, 으앙 하고 울어버리는 경우도 부지기수다. 다른 아이들보다 훨씬 늦게 걸음마를 떼는 아이도 많다. 그러나 오래 걸린다고 해서 부모가 '이 아이는 아예 못 걸을 것이다' 하고 포기하나? 그런 부모는 없다. 아이

가 제 힘으로 걸을 수 있을 때까지 인내심을 갖고 기다려준
다. 리더도 그렇다. 묵묵히 인내하고 때로는 내 감정을 다스리
면서 아이를 기다려줘야 한다. 그것이 리더로서 가져야 할 첫
번째 덕목이 아닌가 싶다.

SK 때 이한진이라는 투수에게 희귀병이 찾아온 적이
있다. 손가락에 피가 통하지 않는 '혈행장애'라는 병이었다.
손이 굳고 감각이 무뎌지니 투수로서는 그렇게 난감할 수 없
었다. 더군다나 워낙 희귀병인지라 한국에서는 치료가 어려
운 것 같았다. 구단에서도 이런 병은 고쳐본 전례가 없었다.

그러나 그대로 포기할 수는 없었다. 이한진은 입단하고
도 제 기량을 발휘하지 못해 몇 해를 고생하다가 2008년에
들어서야 비로소 가능성이 보이기 시작한 상태였다. 제대로
꽃피워 보지도 못했는데 여기서 야구를 그만두기는 너무 아
까웠다. 나는 내가 병원비를 내서라도 이한진을 낫게 해주고
싶었다. 다행히 구단에서 도움을 줬고, 일본에는 혈행장애를
치료해 본 병원이 있다기에 내가 직접 수소문해 이한진을 데
려갔다. 처음 간 병원에서 치료가 어렵다고 했지만, 그 뒤로도
병원을 다섯 곳이나 가봤다. 고칠 수만 있다면 병원을 몇 개
를 가든 대수이겠는가.

마지막 병원에서조차 치료가 불가능하다는 말을 들었다. 이한진은 크게 좌절했지만 나는 끝까지 포기하지 말라고 했다. 다행히 군복무 중에 상태가 어느 정도 호전되어서 선수 생활을 짧게나마 더 이어갈 수 있었다. 야구를 다시 해보겠다는 말에 얼마나 기뻤는지 모른다.

리더라면 사람을 쉽게 포기해서는 안 된다고 본다. 현실이 어떻든 간에 리더가 먼저 포기하면 안 된다. 리더는 심지어 선수 자신조차 스스로를 포기했더라도 끝까지 믿어주고, 희망을 가지는 사람이다. 모두가 포기할 때 마지막까지 희망을 가진 사람이어야 한다.

그런데 요즘 리더들을 보면 버림이 너무 빠르지 않나 느낄 때가 많다. 우리 사회 자체가 참고 기다려주는 마음이 부족하다. 금세 버리고, 바꾸고, 버리고……. 야구만의 문제가 아니다. 기업 조직에도, 정치에도 그런 모습이 보인다. 리더로서 실격이다.

이런 말을 하면 나를 미련한 낙관주의자라고 비난하는 사람도 있을 테지만 낙관, 비관의 영역이 아니다. 리더라면 응당 가져야 하는 의식인 것이다.

내겐 '가장 기뻤던 순간'이
무수히 많은 이유

재일교포로 가족 하나 없이 혈혈단신 한국으로 건너왔을 때는 오직 살아남아야겠다는 생각뿐이었다. 말도 안 통하고 글자도 못 읽으니 기댈 데라곤 야구밖에 없었다. 모든 의식이 생존에만 몰려 있었던 시기였다. 감독을 시작했을 무렵도 마찬가지였다. 야구 잘해야지, 이겨야지, 이겨서 야구로 나를 증명해야지, 오로지 그 생각으로 악착같이 야구를 했다.

하지만 선수들을 키우며 점점 의식이 옮겨왔다. 리더의 마음이라는 게 그렇다. 항상 선수의 미래를 생각하게 된다. 내가 어떻게 하느냐에 따라 선수들의 미래가 바뀌고 인생이 바뀐다. 그러니 쉽게 포기하고 버릴 수 없는 것이다.

사람을 적재적소에 써야 하는 것도 그 때문이다. 한 선수가 가진 것이 30밖에 안 된다면 그 30을 최대한으로 끌어내고, 팀에 30만큼이 필요할 때 그 선수를 쓰면 된다. 100이 아니라고 해서 전부 다 가차 없이 쳐냈다면 아마 지금 내 밑에 남아 있는 선수는 없었을 것이다.

프로에 있을 때는 선수들을 어떻게 키워야 할지도 고민

했지만 이겨서 성적을 내는 데 의식이 더 쏠려 있었다. 지금은 이기기는 이기되 선수들의 장래도 생각해야 하고, 야구계에 무엇을 남길 수 있을지, 세상에 어떤 가치를 전해줘야 할지 같은 것도 함께 고민한다. 세상의 흐름에 맞춰 내 의식도 변해가는 것이다.

최강야구는 한 시대가 끝난 선수들, 즉 무대에서 내려온 선수들을 데리고 하는 프로그램이니 지금의 가장 큰 목표는 그 선수들을 다시 어떤 무대에 올려놓는 것일 테다. '이 선수는 어떡하지?', '저 선수는 어떡하지?', 선수들의 장래에 대한 생각에 빠져 있다. 그들에게 새로운 길을 열어줘야 한다. 그러려면 그들 스스로 의식을 갖게 만들어야 한다. 나이를 얼마를 먹었든, 지금 내 상태가 어떻든 무언가를 해내겠다는 의식 속에서 살아야 새로운 미래를 그려갈 수 있다. 그런 의식을 심어줘야 한다는 목표 의식을 갖고 요즘도 매일 야구장에 간다.

야구를 하며 가장 기뻤던 순간이 언제였느냐는 질문을 종종 받는다. 아마 '처음 우승을 했을 때' 정도의 답을 기대한 게 아닐까 싶다. 하지만 솔직히 말하면 그때는 크게 기

현실이 어떻든 간에 리더가 먼저 포기하면 안 된다.
리더는 심지어 선수 자신조차 스스로를 포기했더라도
끝까지 믿어주고, 희망을 가지는 사람이다.

모두가 포기할 때
마지막까지 희망을 가진 사람이어야 한다.

쁘지 않았다. 기쁘다기보다는 '드디어 해냈구나' 하는 안도감, 혹은 허탈감이 더 컸다.

　내가 가장 기뻤을 때는 쌍방울 시절이다. 만년 꼴찌였던 팀을 리그 2위로 만들었던 것은 우승보다도 값졌다. 선수마다 가능성을 찾아주고 결과를 냈을 때가 가장 기쁜 것이다.

　선수를 가르치다 보면 성장하는 순간이 눈에 보일 때가 있다. 그때 살아 있다는 게 느껴진다. 겉으로 표현을 하진 않지만 무지 기쁘다. 어쩌면 '가장 기뻤던 순간'이란 건 무수히 많을지도 모른다.

　결국 야구를 하며 가장 보람 찬 순간이란 선수들을 키워냈을 때, 사람을 살렸을 때가 아닌가 싶다. 그러니 선수가 절망했을 때도 그 절망을 희망으로 바꿀 길이 없나, 낙관주의자 같은 생각을 하게 되는 것이다. 리더는 절대 사람을 버리지 않는다. 인내하고 기다린다. 나는 그렇게 믿는다.

3장

개척자 정신

비상식을 상식으로 바꾸는 것이 내 인생이었다

나이를 먹을수록
물음표를 달아야 한다

'최강야구'라는 김성근의 새로운 도전

"집에 있는 게 아니라 야구장에 서 있다는 것,
그리고 여전히 새로운 야구를 할 기회가 있다는 것
자체가 내게는 쾌락이다."

 2023년 2월 일간스포츠가 다시 창간한다며 인터뷰를
해달라고 해서 간 적이 있다. 재창간이라기에 이전의 신문과
는 뭔가 다른 한 방이 있겠구나 싶었다. 그런데 아무리 설명
을 들어도 무엇을 바꿔서 사람들에게 어떻게 다시 사랑을 받
겠다는 건지 알 수가 없었다. 그들이 '재창간' 한다는 신문은
여전히 여러 번 접힌 걸 펼쳐서 읽어야 할 만큼 크고 글씨도
많다. 보는 사람이 지쳐버리지 않을까? 게다가 요즘은 인터넷

기사가 훨씬 빠르고 검색만 하면 어디서든 읽을 수 있다. 굳이 신문을 사서 볼 필요가 없는데 재창간이 무슨 의미가 있을까 싶었다.

그래서 내가 한 말이, 1면에 퀘스천 마크만 써서 내보내보라는 것이었다. 보는 사람으로 하여금 흥미를 느끼게 하는 전략이었다. 그것을 5일 동안 계속 해보라고 했다. 처음에는 사람들이 이게 뭔가 하며 어리둥절해할 테지만, 그게 이틀, 사흘째 반복되면 호기심을 갖기 시작한다. 신문을 펼쳐 들고 이게 무슨 뜻인가 궁금해하기도 하고 내일은 뭔가 답을 주지 않을까 하며 다음 호를 기대할 것이다. 그제야 신문에 흥미가 생긴다. 오십 년째 변화 없이 글씨만 줄줄 써서는 아무도 재창간을 했는지, 계속 나오고는 있는지 알아주지 않는다. 사람들이 관심을 갖지 않는데 다시 돌아온들 무슨 소용이겠는가.

최강야구, 감독 김성근에게는
가장 어려운 과제

강물은 매일 똑같이 흐르는 것 같아 보여도 자세히 들

여다보면 그렇지 않다. 그런데 지금 세대는 똑같은 흐름 속에 살고 있다. 너무 편안하다. 시대가 바꾸는 흐름 속에서 악센트를 줘야 하는데, 조금만 잘하면 그 상태에 만족해 버린다. 지금은 어느 시기인가, 이 시기가 언제까지 갈 것인가, 그다음은 또 어떤 시기가 올 것인가, 의식을 갖고 계속 주의를 기울이면서 빠르게 움직여야 한다.

최강야구 감독을 한 것도 일종의 새로운 흐름 속에 나를 놓아둔 일이었다. 누군가는 "김성근도 결국 TV 예능 프로그램이냐" 하며 비난했을지도 모른다. 프로에서 은퇴하고 더 쉬운 길로 빠졌다는 것이다. 하지만 어떤 면에서 최강야구 감독직은 내 야구 인생을 통틀어 제일 어려운 과제이기도 했다. 야구를 바라보는 관점을 바꿔야 했기 때문이다.

나에게 야구란 젊었을 때는 '인생'이었고, 지금은 '심장'이다. 심장이 움직여야 사람이 살 수 있듯이 나는 야구가 있어야 사는 사람이다. 말하자면 야구는 내게 전부다. 그런데 최강야구 선수들에게는 야구를 전부로 여기라고 강요할 수 없다. 그들은 모두 생업도 따로 있고, 나이도 많이 먹었다. 이것도 하고 저것도 하며 가족들의 생계를 책임지는 멀티플레이어가 되어야 한다. 최강야구 외에도 해야 할 일들이 많다는

지금은 어느 시기인가,
이 시기가 언제까지 갈 것인가,
그다음은 또 어떤 시기가 올 것인가,

의식을 갖고 계속 주의를 기울이면서
빠르게 움직여야 한다.

것이다.

승률 7할이라는 목표는 내게 한 경기 한 경기 질 때마다 굉장한 압박감을 주지만, 그렇다고 해서 선수들에게 야구만 바라보라고 강제할 순 없다. 그들은 최강야구 연습을 하면서도 각자 자리의 일을 해야 한다. 이전까지 '김성근의 야구'에서는 상상도 못 할 일이니, 어느 면에서 나는 이제 선수들에게 맞춰주고 있는 셈이다. 그 안에서 나만의 새로운 가능성과 희망을 찾아가면서.

새로운 흐름 속에서
새로운 나를 찾는다

내가 최강야구를 하는 목적은 선수들을 새로운 무대에 다시 올려놓는 것이니, 방법이 어떻든 새로운 흐름에 맞춰 선수를 키우기만 하면 된다. 그렇게 새로운 흐름 속에서 내 나름대로 돌파할 방법을 찾는 게 내 일이었고, 내가 살아온 길이었다. 세상이 변했다고 혀를 차며 한탄할 게 아니라 계속 나 스스로가 세상의 흐름 속에 있으면서 세상이 어떻게 변해가는지 빠릿빠릿하게 체크해야 한다. '앞으로 가야 한다', '전진해야 한다' 오직 그것만 머리에 새기며 과거와는 다른 새로운 방법을 찾아야 한다.

그러면서 이전에는 몰랐던 새로운 재미도 찾을 수 있다. 요즘 나의 새로운 고민 중 하나는 어떻게 하면 이 많은 최강야구 팬들을 실망시키지 않을까 하는 것이다. 거기에 대한 고민이 프로에 있을 때보다 훨씬 더 깊다. 프로에서는 오로지 시합에서 이기는 것과 선수들을 키우는 것에만 의식이 몰려있었지만 이제는 야구장 펜스 너머로 팬들이 보인다. 최강야구를 보고 야구가 좋아졌다고, 야구에 관심을 갖기 시작했다고 말해주는 이들이 엄청나게 많아졌다. 그러니 이 사람들을 실망시키지 말아야지, 희망을 주고 즐거움을 줘야지, 하는 고민 속에 빠져 있다. 그런 고민 속에 있다는 것 자체가 프로에서는 느끼지 못했던 점이라 재미있다.

나는 아직도 계속 야구를 공부한다. 책도 무수하게 읽는다. 10년 전, 5년 전, 심지어 3년 전에 했던 야구와도 다른게 많다. 그러니 계속 공부할 수밖에 없다. 아, 이런 점이 있었구나, 그런 점도 있었구나 하며 새로운 흐름에 나를 던진다.

그걸 갖고 야구장에 가서 가르친다는 것 자체가 내게는 흥미로운 일이다. 그러니까 최강야구의 좋은 점도, 힘든 점도 어떻게 보면 내게는 이 나이에도 살아갈 수 있는 하나의 쾌락이 아닌가 싶다. 남들은 왜 그 나이까지 힘들게 고생을 하느냐고 하지만 나는 대한민국에 야구를 하러 왔지, 편하게 있으려고 온 게 아니다. 그러니 지금까지도 야구를 할 수 있는 여건 속에 있다는 것만으로도 행복하다.

집에 있는 게 아니라 야구장에 서 있는 것, 그리고 여전히 새로운 야구를 할 기회가 있다는 것 자체가 내게는 쾌락이다.

육체에 지배당하는
사람이 될 것인가?

세 번의 암이 찾아와도 이겨낼 수 있었던 이유

> "세상살이라고 하는 건 항상 현실과의 싸움이다.
> 현실과 타협해 버린다면 승리하기는 어렵다."

한 TV 방송에서 암에 세 번이나 걸렸었다는 사실을 고백했다. 처음 암이 찾아온 것은 쌍방울 감독 시절이었다. 구단에 아무것도 알리지 않고 혼자 수술을 하러 갔다. 선수들에게 "나 어디 좀 잠깐 다녀온다"라고만 말했던 기억이 난다.

그때 내가 수술한 병원이 강남 삼성병원인데, 그곳 복도에서는 잠실야구장이 보인다. 수술한 다음 날부터 창 너머로 잠실구장을 바라보며 이만한 물통을 몸에 달고 복도를 마구 걸어댔다. 그 복도가 거의 100m 가까이 되는데, 거기를 왕복 스물다섯 번을 걸었다. 그러기를 하루에 네다섯 번씩 했다.

피가 뚝뚝 떨어져도 그냥 걸었다. 살고 싶어서가 아니었다. 그때 내게는 '살고 싶다'는 마음이 일절 없었다. 야구 하고 싶어서, 오로지 야구장에 가고 싶다는 마음으로 피가 흐르고 고름이 터져도 이를 악물고 걸었다. 오죽하면 암에 걸렸단 말을 듣고 맨 먼저 든 생각이 '이제 야구 못 하면 어떡하나' 하는 것이었을까. 다른 건 아무것도 겁나지 않았다.

암이 두 번째 찾아온 SK 감독 시절에도 똑같이 몰래 수술했다. 일요일 시합이 끝나고 곧장 병원으로 가서 월요일에 수술을 했다. 구단 관계자도, 자식도, 아내조차도 몰랐다. 보호자 한 명 없는 수술이었다. 그때 수술 중에 심정지가 오기도 했으니, 식구들은 아무것도 모르다가 느닷없이 남편, 아버지의 부고를 받을 뻔했다. 그걸 생각하면 미안하다 싶지만 그때는 경쟁 속에 있으니 병을 알릴 수는 없었다. 약점을 들키는 순간 거기서 뒤처지기 마련이다. 자기 약점은 절대 남에게 보이는 게 아니다. 그러니 프로에 있던 내내 병에 걸렸다거나 수술을 했다거나 하는 건 모두 함구했다. 경쟁에서 한 발짝 떨어진 지금이니까 말할 수 있는 것이다.

그때는 수술한 다음 날부터 다시 경기장에 나갔다. 기저귀를 찬 채 타이레놀을 여섯 알인가, 여덟 알인가를 먹고 연습에 나가 펑고를 쳤다.

에베레스트를 오르는
등산가의 마음으로

살아보니, 정신에 목적의식이 있는 사람은 육체에 지배당하지 않는다. '이걸 반드시 해야 한다'는 생각을 갖고 있으면 육체가 아픈지도 모른다. 아픈 것도 잊고 펑고를 치다 보니 피가 터져 나중에는 기저귀로도 감당이 안 될 지경이었다. 얼마나 피가 많이 나왔는지, 다 끝나고 숙소까지 어기적어기적 걸어가는데 기저귀가 무거워서 걷기가 힘들 정도였다. 호텔 방에 도착하자마자 그대로 쓰러져 정신없이 잠들었다.

그 정도여도 야구를 하고 있을 때는 아픈 것조차 몰랐다. 할 일이 급하니까 아픈 데 신경을 쓸 겨를이 없는 것이다. 전쟁터를 떠올리면 이해하기 쉽다. 전쟁터에 가면 아무리 아파도 아프다는 소리를 못 한다. 일단 목숨을 구하려면 앞으로 가는 수밖에 없는데 약한 소리가 나올 리 만무하다. 아파서 무언가를 못 하겠다는 건, 마음속에서 '아파서 안 되겠다'는 식으로 이미 타협을 하고 있으니 육체에 지배당해 버린 게 아닌가 싶다. 아픔이 핑계가 된다는 것이다. 야구할 때는 아프다는 생각 자체가 없다. 살아남아야 하는데, 거기에 이런 이유 저런 핑계 붙일 수가 없다. 가혹하다, 괴롭다, 힘들다…… 이유가 많은 사람은 결국 아무것도 하지 못한다.

간암 수술을 했을 때는 시합하고 방에 들어오자마자 문을 잠그고 바로 픽 쓰러졌다. 트레이너에게도, 누구에게도 알리지 않고 끙끙 앓았다. 그다음 날 아침에 일어났는데 머릿속에 오로지 '이겨야 한다'는 생각밖에 들지 않았다. 그래서 내가 한 것이 관악산 등반이었다.

아마 에베레스트를 오르는 등산가들과 같은 마음이지 않았나 싶다. 등산가들은 가만히 있으면 얼어 죽어버리니 정상에 올라가든, 내려가든 무언가 행동을 하는 수밖에 없다. 나도 같은 심정이었다. 대신 내게 내려간다는 선택지는 없었다. 오로지 올라가겠다고만 생각하며, 내 힘으로 이겨내야 한다는 일념으로 관악산에 올랐다. 이를 꽉 깨물고 다리를 질

질 끌며 어떻게든 걸었다. 그러고서 사흘 만에 정상 컨디션을 되찾았다.

얼마 전에도 한 일주일 동안 삼성병원에 입원했었다. 그 때 간호사가 하는 말이, 삼성병원 특실 중 내가 열한 개를 써 봤다고 했다. 열한 번이나 입원을 했다는 소리다. 그렇게나 입원을 자주 했나 싶었다.

이번에도 어김없이 퇴원한 바로 다음 날에 곧장 최강야구 연습을 하러 갔다. 자식들은 내게 왜 그리 무리를 하느냐며 싫은 소리를 하지만 거기에 서 있는 것 자체가 내게는 인생을 살아가는 의미다. 하고 싶은 일을 할 수 있다는 것 자체가 사람에게는 큰 도움이 된다. 가고 싶어도 못 가고, 하고 싶어도 못 한다면 얼마나 슬픈가. 그날 기온이 35도까지 올라갔다. 그럼에도 네 시간 동안 야구장에 서 있었다. 선수들은 더워 죽겠다는데 나는 멀쩡하기만 했다. 그러고서도 집에 와서 조금 쉬다가 또 운동을 했다.

예전에 한 의사가 해준 이야기가, 요새는 백세 시대라고들 하는데 자꾸 일흔, 여든 살만 먹으면 곧 죽을 줄 알고 집에 가만히 드러누워 있기만 한다는 것이었다. 그러면서 의사는 야구할 때는 아프다는 생각 자체가 없다.

살아남아야 하는데,

거기에 이런 이유 저런 핑계 붙일 수가 없다.

"이제는 곧 일흔 살 먹은 할아버지가 돌아가셨다고 해도 듣는 사람이 '아이고, 애가 벌써 죽었네' 하는 시대가 옵니다"라고 말했다. 일리 있는 말이었다.

그때 든 생각이 무엇이냐면, 그러면 100살 먹은 사람 눈에는 나도 아직 아이겠다는 것이었다. 그렇게 선입견에서 빠져나오면 생각이 바뀌고, 몸도 바꿀 수 있다.

사람은 계속 앞으로 가려고 생각해야 한다. 아프니까, 나이를 먹었으니까, 암에 걸렸으니까, 허리 수술을 했으니까…… . 어떤 이유든 간에 한 발 물러서면 그 순간 승부에서 지는 것이다. 세상살이라고 하는 건 항상 현실과의 싸움이다. 현실과 타협해 버린다면 승리하기는 어렵다.

육체에 지배당하는 사람이 될 것인가, 정신에 지배당하는 사람이 될 것인가?

만족은 영원히
없다

코나미컵 패배에서 SK가 배운 집념

"내게 홈런을 치는 순간은 앞으로의 고민이 시작되는 순간이지.
기쁜 순간이 아니어서 그렇다."

2007년 SK는 페넌트 레이스에서 압도적인 성적으로 우
승했다. 한국시리즈에서도 1차전, 2차전에서는 패배했지만
연달아 4승을 올리며 통합 우승까지 일궈냈다. 한국시리즈에
서 1차전 승리팀이 우승까지 차지한 비율은 거의 80%에 달
한다고 한다. 그러니 2패를 먼저 떠안고서 4연승을 이뤄낸 것
은 엄청나게 대단한 기록이다. 그만큼 2007년 SK는 전력이
뛰어난 팀이었다.

포스트시즌이 마무리된 후 SK 선수단을 이끌고 코나미 컵(2007 아시아선수권대회)에 나섰다. 첫 시합은 순조로웠다. 일본 주니치드래곤스에게 이기며 사상 최초로 일본의 클럽팀에 이긴 기록을 만들어낸 것이다. 그때까지 국가대표팀에 이긴 적은 있었지만 한국의 클럽팀이 일본의 클럽팀에 이긴 건 최초였다. 고무되었다.

뒤이어 중국의 차이나스타스에게도, 대만의 퉁이라이온즈에게도 연달아 이겼지만 결승전, 주니치와의 리매치에서 뼈아픈 패배를 하고 말았다. 6회에 김광현이 높은 곳에 공을 뿌리며 실투를 했는데 그게 그대로 홈런으로 연결된 것이다.

"내일 한국 안 간다. 애들 귀국 안 시킬 거야. 우리는 고치(일본 남부에 위치한 도시)로 간다."

그다음 날 곧바로 한국에 귀국할 예정이었지만 일정을 취소했다. 처음에야 다들 놀랐지만 아무도 내게 불만을 말하지 않았다. 선수단도 다 같이 독을 품은 것이다.

아무리 잘했다고 해도 중요할 때 잘하지 못하면 소용이 없다. 페넌트 레이스에서 우승을 했건 한국시리즈에서 우승을 했건, 그것은 이미 지나간 일이다. 지금은 졌다. 지나간 것은 아무 쓸모도 없다. 그때 SK 선수단에게도 똑같은 의식이 있지 않았나 싶다. 내가 굳이 잔소리를 하지 않아도 전원이 같은 의식을 품고 고치 캠프로 향했다.

"애들아, 이제 우리는 퍼펙트가 목표다. 완벽하게 하자. 이 캠프는 그걸 위한 캠프다."

만족하지 않는 마음이 '다음'을 만든다

그렇게 곧바로 일본 고치에 가서 아침부터 밤까지 캠프 장에 틀어박혀 하루 종일 연습을 했다. 그때 SK 선수들의 의 식이 전부 살아났다. 만족하면 안 된다는 걸 배운 것이다. 그 캠프 덕분에 SK는 2007년에 이어 2008년, 2010년에 우승하 며 소위 말하는 'SK 왕국'을 만들어낼 수 있었다. 캠프가 없 었더라면 우리는 한 번 우승하는 데서 그쳤을지도 모른다. 우 리나라 매스컴에서는 당시 연달아 우승하는 SK를 보며 철벽 같은 투수력 덕이니, 베테랑과 신인들의 조화가 잘 이루어진 덕이니 하며 전력의 우수함만 주목했지만 사실 무엇보다도 만족하는 순간 끝난다는 걸 절실히 깨달은 덕이 컸다.

인간은 언제나 도전해야 한다. 트라이하고 트라이하는 속에 인간으로서 성장한다. 그 과정에서 의식, 인내, 아이디어 같은 것들을 전부 찾을 수 있다. 등산가들이 5000m 산에 올랐다고 해서 거기에 만족하고 멈추지 않듯이 100m 산에 올랐다면 그다음은 500m 산으로, 1000m 산으로 향하면 된다. 우승 한 번 했다고 으스대는 사람은 다음에 반드시 실패하고 만다.

산을 생각하면 쉽다. 정상에 올라가면 그다음은 내려가는 길뿐이다. 산 정상에 왔다며 만족하고 날뛰는 순간 곧바로 벼랑 끝으로 떨어지지 않는가. 만족하는 순간 이미 낙오한다. 그래서 어떻게 보면 만족이란 곧 실패다. 나는 세상에서 제일 나쁜 것이 만족이라고 생각한다.

성공하는 사람은 절대 만족하지 않는다. 어떤 분야든 거기서 '편하다' 생각하는 순간 끝난다. '이 정도면 잘했다'고 생각하면 기회를 잃어버린다.

빨리 피는 꽃은 예쁘게 피어도 금방 시들어버리니 열심히 피운 보람이 적다. 꽃을 일단 빨리 피우는 것보다 더 중요한 것이, 한 번 피운 꽃을 오래도록 예쁘게, 길게 살아 있게 만들어놓는 것이다.

그래서 나는 경기할 때 표정 변화나 반응이 없는 편이다. 가끔 하이파이브를 하거나 박수 몇 번을 치는 게 전부다. 예전에 일본 팀에 있을 때는 선수들이 하도 하이파이브를 해대길래 "아까 했잖아, 임마" 하고 거절을 하기도 했다. 타자가 홈런을 치고 들어와도 마구 좋아하거나 들뜨지 않는다. 내게 홈런을 치는 순간은 앞으로의 고민이 시작되는 순간이지, 기쁜 순간이 아니어서 그렇다.

기쁨은 잠시일 뿐 그때부터 다음 생각에 빠진다. 이제 수비는 어떡하지, 나머지 투수는 누구를 쓰지, 점수는 어떻게 지키지……. 홈런을 쳐서 점수를 내고 리드를 잡았다면 그럼 이제 어떻게 방어할지를 고민해야 한다. 그것이 승부다. 야구의 모든 순간이 그렇다. 그러니까 경기 중에 뭘 해내든 만족할 수가 없다. 사실 인생의 모든 게 그렇다. 만족은 영원히 없다.

나는 세상에서 제일 나쁜 것이

만족이라고 생각한다.

살아남는 것이
상식이다

'벌떼 야구'라는 나만의 승부수

"비상식적인 승부수를 던져야 살아남을 수 있다.
그리고 살아남는다면 그 비상식은 곧 상식이 된다.
나는 여태껏 그런 방식으로 살았다."

나는 쌍방울 감독 시절 엄청나게 비난을 받았다. 가장
많이 들은 것이, '김성근의 야구는 야구도 아니다'라는 말이
었다. 그때까지 다들 하는 야구와 너무 다르니까 하는 말이
었을 테다. 내가 봐도 그랬다. 선발 투수라도 안타 몇 개만 맞
으면 곧바로 내리고, 이닝을 쪼개가며 투수를 바꿔대니 다들
'저 감독은 지금 뭘 하는 건가' 싶었을 것이다. 심지어 한 경
기에 투수 아홉 명을 쓴 적도 있다. 그럴수록 사람들의 비난

은 거세졌다. 투수를 혹사시킨다는 둥, 얄미운 야구를 한다는 둥 욕을 숱하게 먹었다. 그러나 그것이 내가 생각 끝에 내놓은 비상식적인 아이디어였다.

상식 속에 있는 사람은 남하고 아무리 경쟁해 봐야 이길 수 없다. 이미 나와 있는 답을 갖고 하는 승부는 누구나 할 수 있다. 그런 건 백날 해도 승부수가 되지 못한다. 상식을 쓰면 상식적인 결과밖에 더 얻을 게 있겠는가? 이 상대도, 저 상대도, 그 상대도 쓸 수 있는 패를 던진다면 상대방 또한 그 패에 어떻게 대처해야 할지를 알고 있을 것이다.

매점이 하나 있다고 해보자. 김치며, 밥이며 하는 꼭 필요한 물건들을 파는 그 동네의 유일한 매점이다. 그런데 어느 날 이 매점이 온데간데없이 사라진다면 당장 필요한 물건을 어떻게 구해야 할까? 평범한 사람들은 '그럼 다른 매점이 있는지 찾아봐야지요'라고 할 것이다. 그게 상식이다. 그러나 나라면 다른 매점이 아니라 그 매점에서 쓰던 창고부터 찾아볼 것이다. 그게 비상식이다. 답이 없을 때 어떻게 움직여야 하는지는 상식이 아니라 자기 머릿속에서 나와야 한다.

인생의 모든 것이 그러한데, 이미 만들어진 길을 그대로 걸어서는 안 된다. 아직 없는 길에 살 방법이 있기 마련이다.

잘 포장된 아스팔트 길이 아니라 돌무더기와 잡초가 무성한 길이라도 나만의 길을 걸어야 한다.

나는 어느 팀에 가든 그 팀의 최근 3개년 데이터를 모조리 찾아보며 일종의 방향성을 설정했다. 쌍방울에 가서 지난 경기들의 데이터를 확인해 봤더니 승률은 굉장히 낮은데 1회에 찬스가 많았다. 그러다가 8회, 9회가 되면 어김없이 몰려서 역전을 당하는 것이다. 그런데 쌍방울에는 리그에서 특출 나게 잘하는 투수가 없었다. 아무리 선수들의 면면을 보고 데이터를 살펴도 '믿고 맡기면 몇 점 정도는 방어해 내겠구나' 하는 투수가 없는 것이다. 그때부터 머리를 싸매고 생각 속으로 들어갔다. 그렇게 고민 끝에 떠올린 아이디어가 바로 벌떼 야구였다.

'그래, 그렇다면 중간에서 승부를 보자. 승부는 6회부터 하고, 그 전까지는 투수를 몇 명을 쓰든 틀어막아 보자.'

그러고서 투수들 하나하나를 관찰했다. 이 선수는 많이 던지면 힘이 빠지니까 선발로는 못 쓰지만 힘이 좋으니 1이닝 정도는 잘 막을 수 있겠다, 저 선수는 대범해서 만루에 내도 되겠다 하며 그제야 답이 보였다. 특출 나게 잘하는 선수가 없으니 역으로 선수마다 맞는 역할, 즉 적재적소를 찾아 퍼즐을 끼워 맞추듯 맡긴 것이다. 설사 비상식적일지라도 그것이 쌍방울이 가진 전력을 극대화시키는 방법이었다.

1회에 투수가 던지는 걸 보고 컨디션이 나쁘다 싶으면 바로 불펜 투수를 대기시켰다. 자꾸 안타를 맞으면 바로 바꿨다. 1회에 투수를 세 명이나 쓴 적도 있으니 다분히 비상식적이었다. 1년에 126경기나 되는 페넌트 레이스를 치르려면 사실 해서는 안 되는 방법이었다.

그러나 그때 우리에게는 1년을 생각할 여유가 없었다. 적은 재목으로 살림을 하려면 다른 방법이 없었다. 아니, 그것이야말로 쌍방울이 부닥친 벽을 뚫을 수 있는 비상식적인 아이디어였다.

그리고 가만히 보니 쌍방울에는 1점 차 패배가 유독 많았다. 전 시즌에 1점 차로 진 경기가 스무 경기 남짓 될 정도였다. 데이터를 더 상세히 들여다보니, 주자가 나가서 찬스가 생겨도 도통 홈으로 들어오지를 못하는 것이다. 주자가 나가도 점수로 잘 연결이 되질 않으니 아무리 따라잡으려 해봐도 아깝게 진 경우가 많았다. 그래서 고민 끝에 찾아낸 길이 번트였다. 홈으로 들어올 확률을 최대한 높이고자 한 것이다.

상식 속에 있는 사람은

남하고 아무리 경쟁해 봐야 이길 수 없다.

이미 나와 있는 답을 갖고 하는 승부는 누구나 할 수 있다.

그런 건 백날 해도 승부수가 되지 못한다.

상식을 쓰면 상식적인 결과밖에 더 얻을 게 있겠는가?

그걸 보며 김성근의 작전 야구는 재미가 없다는 둥, 얄밉다는 둥 비난도 많았다. 그러나 그것은 내가 갔던 팀들에서 승리할 방법을 찾다 만들어낸 새 길이었다. 바깥이 아니라 내 머릿속에서, '우리'라는 팀 속에서 찾은 길이었다.

긴 터널 너머에는
새로운 세계가 기다리고 있다

비상식적인 승부수를 띄우면 처음에는 비난도 함께 따라온다. 우리나라는 대체로 유별나게 튀는 걸 좋아하지 않고, 일반적인 방식을 선호하는 경향이 있어서 여태까지 없던 일을 하면 비난받는 경우가 많다. 결과가 어떻든 마찬가지다. 아무래도 괴상한 방법을 써서 좋은 결과를 만들면 거기에 대한 질투심이나 반발심도 있을 것이다.

벌떼 야구 역시 엄청난 비난을 받았다. 중간부터 승부를 보는 방식을 택하다 보니 불펜 투수가 승리 투수가 되는 일이 잦았는데, 매스컴은 그걸 꼬투리 잡아 비난했다. 내가 일부러 어떤 특정 선수의 승을 챙겨주려고 내보낸다는 둥, 기록을 만들어준다는 등 세상이 시끄러웠다. 그러나 지금은 야구가 그렇게 바뀌어 있다. 투수 여러 명을 쓰는 게 이제는 상식이 되었다. 우리나라뿐 아니라 미국에도, 일본에도 그런 면이 있다. 결국 그때까지 상식이 아니었을 뿐 내가 시도한 방식은 '새로운 야구'였던 것이다.

내 밑에 있던 선수들 중 많은 선수가 자기의 적재적소를 찾아냈다. 정우람이라는 투수는 내 밑에 있던 시절, 주자가 있을 때 내보내면 쉽게 처리하는데 새 이닝에 들어가면 어김없이 안타를 맞아 주자를 쌓곤 했다. 그렇다고 해서 이 선수를 쓰지 않는다면 그것은 무능한 리더다. 선발 투수가 주자를 쌓으며 고전하고 있을 때 구원 투수로 올리면 된다. 그게 정우람의 능력을 최대한으로 끌어낼 수 있는 적재적소다.

만약 세상이 시끄럽다고 해서 거기에 맞추고, 나의 야구를 하지 않았다면 앞으로 나아가려는 의식은 없어졌을 것이다. 사람은 누구나 벽에 부딪힌다. 하지만 그것을 두려워해서는 안 된다. 부딪혀보면 거기에 수가 있기 마련이다. 부딪히지 않으면 남는 것은 겁뿐이다. 비상식적이라도 어떻게든 싸워야 한다. 이 문이 안 될 때는 다른 문을 찾아 저 문으로 나가야 한다. 이것도 저것도 안 되고 도무지 나갈 길이 없어 보인다면, 별 수 없다. 유리창을 깨고라도 나가야지.

남들과 똑같은 아이디어와 프로세스뿐이라면 세상은 나를 써줄 이유가 없다. 자기 존재 가치라는 게 있어야 일을 시켜주는 법이다. 물론 이제까지 가보지 않은 길에는 리스크가 많다. 위험하기 짝이 없고, 극단적으로는 가다가 죽을 수도 있다. 그럼에도 도전할 수 있는 발상, 도전하는 행동, 도전을 계속하는 힘, 도전하는 열정 네 가지만 있다면 사람은 죽을 때까지 내 길을 찾으면서 살아갈 수 있다.

무엇에서든 비상식적인 승부수를 던져야 살아남을 수 있다. 그리고 살아남는다면 그 비상식은 곧 상식이 된다. 나는 여태껏 그런 방식으로 살았다. 힘이 드는 자리를 넘어가면 반드시 그 앞에 어떤 결실이 기다리고 있었다.

주머니에 10원 한 장만 있어도
이길 방법은 있다

무일푼으로 세상에 당당히 서는 법

> "핑계 속으로 도망치는 인생은
> 언젠가 앞길이 막히게 되어 있다."

나는 쌍방울 감독 시절 현대와 경기할 때 퇴장을 엄청나게 당했다. 아마 그해 가장 많이 퇴장당한 감독이 나일 것이다. 팬들도, 야구계도 나를 손가락질했다. 그런데 사실 그건 다 일부러 하는 항의였다. 팀의 사기를 위해 내가 의도적으로 선택한 방법이었던 것이다.

당시 쌍방울과 현대의 기량 차이는 엄청났다. 전력이든 뭐든 누가 봐도 비교가 되지 않는 수준이었고, 구단 운영비도 몇 배나 차이가 났다. 비유하자면 우리가 100원짜리 팀이라면 현대는 만 원짜리 팀이었다. 쌍방울 선수들이 기껏해야 5000~6000원짜리 밥을 먹을 때 현대 선수들은 2~3만 원짜리 밥을 먹었다. 어디 그뿐인가. 묵는 곳도 달랐다. 현대 선수들이 쓰는 숙소는 무궁화 네다섯 개짜리, 요즘 흔히 말하는 특급 호텔 같은 곳이었다. 반면 쌍방울 선수들이 쓰는 숙소는 방 안에 가만히 앉아 있어도 복도에 누가 지나가는지, 옆방에서 뭘 하는지가 다 들릴 정도로 낙후되어 있었다. 밥이고 숙소고 차이가 현격했다.

그렇게 현대 선수들이 워낙 좋은 대우를 받고 실력도 좋으니 쌍방울 선수들은 현대와 시합을 할 때면 시작하기도 전부터 위축돼 있곤 했다. 현대만 봤다 하면 벌벌 떨며 제 기량을 내지 못하는 것이다. 이걸 어떻게 해야 하나 싶었다. 시합에 들어가기도 전부터 이미 진 얼굴이니, 그대로 시합을 해봤자 이길 리가 없었다.

어떻게 하면 선수들의 의식을 바꿀 수 있을까, 투지를 불태울 수 있을까. 그걸 고민하다가 내가 심판과 일부러 싸우는 길을 선택했다. 내가 그라운드로 나가 심판에게 항의하자 벤치에 늘어져 있던 선수들이 조금씩 앞으로 당겨 앉았다.

그다음에 항의를 하고 경고를 받으니 선수들이 주먹을 불끈 쥐고 또 앞으로 나와 앉았고, 퇴장까지 당하니 선수들의 눈빛이 완전히 달라졌다. 엉덩이를 벤치 끝에 완전히 걸치고 앉더니 엉덩이가 들썩거리는 게 곧장이라도 싸울 듯한 태세였다. 기세가 달라진 것이다. 그제야 '그래, 됐다' 싶었다. 그렇게 해서라도 선수들의 투지를 불태우고 싶었다.

'현대는 이만큼이나 지원을 해주니 우리도 지원을 해주시오', '다른 구단과 전력 차이가 크니 우리는 이길 수 없습니다' 같은 말은 감독으로서 할 수 없었다. 내가 감독을 맡겠다고 했으니 선수가 어떻든, 환경이 어떻든 그런 핑계들은 다 제쳐두고 일단 이기는 게 내가 할 일이었다.

세상이 나에게만 너무 가혹하다고 느껴진다 한들 주어진 환경 속에서 방법을 찾아내야지, 없는 걸 탓하는 사람은 약하다. 비상식적이고 욕을 먹는 길이라도 어떻게든 방법을 찾아내 돌파해야 한다. 내가 비난을 불사하고 심판과 일부러 싸우는 길을 택한 이유였다.

기대지 않고
내 두 발로 당당히

주머니에 10원짜리밖에 없어도 그 10원짜리로 이길 방법을 찾는 게 60여 년간 내가 야구를 해온 방식이다. 남과 비교하며 다른 팀보다 선수층이 얇아서 졌다거나 누구만큼 지원받지 못해서 졌다거나 하는 말은 책임 전가밖에 되지 않는다. 핑계 속으로 도망치는 일이다.

두려운 건 패배해서 세상에서 없어지는 것이다. '졌다고 욕먹으면 어떡하지', '비상식적이라고 욕먹으면 어떡하지', '내 탓을 하면 어떡하지' 같은 건 걱정거리도 아니다.

스물두 살의 나이에 가족들과 뚝 떨어져 한국에 영주 귀국을 한 날, 김포공항에 내리면서 앞으로는 그 어디에도 기대지 않고 내 스스로의 힘으로 살아가겠다고 결심했다. 한국에도 친인척이야 있을 테지만 굳이 찾지 않았다. 누구에게 기대지 않고 내가 살 길은 야구로 만들어야겠다는 생각이었다. 내 선택에 대한 책임은 온전히 내가 지겠다는 결심이 오늘의 나를 있게 했다.

어릴 때에야 부모가 있으니 기댈 수 있다. 어리광을 부리고 응석을 피우면 부모가 알아서 답을 찾아다 주기도 한다. 그러나 그것은 어린 시절의 일일 뿐이다. 평생 남 탓이라고 해명하고 다른 곳에 책임 전가를 하며 살 수는 없는 노릇이지 않은가.

사람 인人 한자의 모양이 작대기 두 개가 기대고 있는 형상이라, 모름지기 사람은 서로서로 의지하고 기대며 살라고 저렇게 만들어졌다는 이야기가 있는데 나는 아니라고 본다. 기댈 필요 없다.

세상살이에는 기댈 곳이란 게 애초에 있지도 않으며, 남에게 기대는 것 자체가 바보다. 길이 없다면 찾아야 하고 모든 건 본인이 만들어가야 한다. 평계 속으로 도망치는 인생은 언젠가 앞길이 막히게 되어 있다.

어떻게 하면 선수들의 의식을 바꿀 수 있을까,

투지를 불태울 수 있을까.

그걸 고민하다가 내가

심판과 일부러 싸우는 길을 선택했다.

나의 서랍에는
무수한 아이디어가 있다

매일 아침 서울숲을 걸으며

"오늘도 걷고, 내일도 걷다 보면 서랍은 더 채워질 것이다.
그러나 그 서랍은 언제까지나 가득 차지 않는다."

동이 트고 햇살이 뜨거워지기 시작하면 운동화를 신고 집을 나선다. 아침 산책은 지도자 생활 내내 단 한 번도 빼먹지 않은 나의 루틴이다. 비가 오든 땡볕이 쬐든 늦게까지 회식한 다음 날이든 똑같다.

일본에 가 있을 때는 코치들이 술을 새벽 서너 시까지 마신 다음 날에도 똑같이 아침 산책을 하는 나를 보며 "이야, 김 상, 안 힘드십니까, 대단하십니다" 하고 혀를 내두르기도 했다. 힘들지, 왜 안 힘들겠는가. 그래도 나는 매일 아침 반드시 걷는다. 어떻게 보면 이것도 나의 비상식이다. 술을 많이 마시면 쉬고 싶은 게 상식이니 말이다. 술을 마셔도 아랑곳하지 않고 평소와 같이 움직임으로써 살겠다는 의식이 생긴다. 그렇게 '다르게' 살아야 강해질 수 있다.

축축한 흙을 밟으며 야구를 생각한다. 60여 년간 야구와 동고동락을 했어도 매일 새로운 고민과 마주한다. 그래도 걷다 보면 반드시 새로운 아이디어가 나온다. 산책 속에 아이디어가 나오고, 몸도 좋아진다. 일석이조 아닌가. 드러누워 있으면 아무 아이디어가 나오지 않는다. 그러면 그대로인 인생이다. 산책을 해야 아이디어가 나오니 힘이 들어도, 숙취가 남아 있어도 걷지 않을 수가 없다. 그것이 내가 그 오랜 시간 동안 매일 걸었던 이유다. 아무리 힘들고 피곤해도 억지로라도 몸을 일으켜 길을 나선다.

오늘은 어제 가르친 고등학생 투수를 생각하며 걷는다. 공이 뚝 떨어져야 하는데 자꾸만 각이 밋밋하게 나온다. 왜 그럴까. 더 숙여야 하나. 무릎을 더 낮추라고 하면 어떨까 싶지만, 한편으로는 무릎에 무리가 올지 모른다는 생각도 든다.

그러면 어떻게 고쳐야 할까, 방법이 뭘까. 어떻게 해야 그 선수를 잘 만들 수 있을지, 고칠 수 있을지 어제 투구하던 모습을 머리에 그리며 서울숲을 돌고 또 돈다.

젊었을 때나 지금이나 크게 달라진 것은 없다. 어떻게 이길지, 선수들을 어떻게 키울지, 조직을 어떻게 만들어나가야 할지를 생각하며 걷는다. 달라진 게 있다면, 옛날에는 어떻게든 이겨야 한다는 의식이 거의 전부였지만 지금은 그렇지는 않다는 것이다. 요즘 내 의식 속에는 최강야구에 나오는 선수들을 어떻게 키워서 어떤 모습으로 세상에 내보낼지, 그리고 세상에 어떤 의식을 남겨야 할지가 가장 크게 자리하고 있다.

걷다 보면
해결되지 않는 문제는 없었다

계속 생각하며 걷다 보면 아이디어가 떠오른다. '자세가 아니라 볼을 쥐는 그립이 문제일 수 있다. 추측이 맞다면 고칠 수 있을 것이다.' 여기까지 떠오르면 걷는 속도를 높인다.

그것에 대해 설명해 놓은 책이 집에 있으니 집에 도착하면 책에서 그 선수에게 맞는 상황을 찾아야 한다.

아이디어가 나오면 발걸음이 가벼워진다. 어서 야구장에 가서 아이디어를 실행해 보고 싶다. 또 틀린다면, 그래도 좋다. 그럼 또 다른 아이디어를 찾으면 되는 것이다. 즐거운 기다림이다.

역설적이게도 그래서 나는 야구장에 가는 길이 세상에서 제일 좋았다. 시합을 하면 문제가 생기고, 고민하고 고민하면 아이디어가 나왔으니까. 그 아이디어로 어떻게 결과를 만들까, 그런 희망 속에 사는 것이다. 야구장에 가는 길이 온통 희망이니 나는 즐겁다.

게다가 야구 경기는 매일 있다. 매일 희망을 품고 야구장에 향하니 그렇게 즐거울 수가 없다. 사랑하는 아내에게 요리를 해준다고 생각하면 신이 나지 않는가. 오늘 저녁에는 이걸 해줘야지, 내일 아침에는 저걸 해줘야지. 예를 들어 '아내가 미나리를 좋아하니 미나리로 요리를 해야겠다. 지난번에 미나리전을 부쳤을 때 좋아했으니 그걸 또 해볼까, 그러면 맛있게 먹겠지. 국이나 찌개도 하나 상에 올리면 잘 어울릴 것이다' 하며 고민하는 시간이 얼마나 즐겁겠는가. 야구도 똑같다. 그 기쁨 속에서 나는 살았다.

인생의 모든 것이 그렇다. '와, 이렇게 어려울 수 있나' 싶은 문제도 생각하고 생각하다 보면 아이디어가 나온다. 어려워질수록 생각은 깊어지고 해결 능력이라는 게 육성되어 간다. 해결하는 방법이 하나둘씩 생겨난다. 안 되는 것은 세상에 없다. 그것을 평생 야구로 배워왔다. 끈덕지게 매달리다 보면 어느새 새로운 아이디어가 나와 한계를 넘어가 있었다.

지도자 인생 50년이 넘은 나의 서랍에는 무수한 아이디어가 있다. 오늘도 걷고, 내일도 걷다 보면 서랍은 더 채워질 것이다. 그러나 그 서랍은 언제까지나 가득 차지 않는다. 아이디어가 채워지면 채워질수록 서랍은 더 깊어져만 가니 꽉 채우는 것은 애초에 불가능하다. 그래서 나는 내일도, 다음 달도, 내년에도 걸을 것이다. 야구를 하는 한은 계속.

역설적이게도 그래서 나는
야구장에 가는 길이 세상에서 제일 좋았다.
시합을 하면 문제가 생기고,
고민하고 고민하면 아이디어가 나왔으니까.
그 아이디어로 어떻게 결과를 만들까,
그런 희망 속에 사는 것이다.
야구장에 가는 길이 온통 희망이니 나는 즐겁다.

이름을 걸고 산다는 것

돈을 받으면 모두 프로다

최강야구로 세상에
보여주고자 한 것

'돈 받으면 프로'라는 말이 가진 뜻

> "어떤 자리에 있다면 스스로에게 물어야 한다.
> 세상에 어떤 의식을 남기고 싶은가?"

돈 받으면 프로다.

최강야구 선수들에게 한 말이다. 내가 저 말을 한 계기가 있다. 고등학생 야구단과의 시합에서 진 날, 시합이 끝나고서 선수들끼리 모여 '우리는 프로 출신인데 아마추어와 시합해서 졌다는 게 너무 창피하지 않느냐' 이런 말을 나누고 있는 것이다. 그걸 가만히 듣자니 시합에 들어가기 전에 가진 의식부터 틀렸다 싶었다. '프로 출신'이라는 말 때문이었다.

프로 출신이라고는 하나 지금도 프로다. 방송국에서 돈을 받고 하고 있지 않은가. 돈을 받는다는 건 프로라는 뜻이다. 그렇다면 시합에서 이겨야 하고, 시합을 봐주는 관중들에게 즐거움을 안겨줘야 한다. 프로라면 시합에 나가는 매 순간에 그런 의식이 필요하다.

그런데 시합에 들어가기 전 선발 투수를 정하려는데 누구는 몸이 아직 안 만들어졌다고 하고, 또 누구는 몸이 아파서 못 던진다고 하는 등 핑계가 많았다. 돈을 받고 하는데 그런 말을 해도 되나 싶었다. 타자들도 마찬가지다. 자신이 선발 오더에서 빠졌는데도 나는 몸이 다 만들어졌는데 왜 시합에 나가지 못하느냐고 물어보는 선수가 없었다. 거기에 대해 별 문제의식이 없는 것 같았다. 자기 생각에 스스로가 괜찮다면 시합에 못 나가는 것이 억울할 법도 한데, 왜 경기에 못 나가는지에 대한 궁금증이나 의식이 전혀 없어 보였다.

몸이 안 좋다면 그 문제를 어떻게 해결할지를 고민하고 자신을 바꿀 생각을 해야 한다. 아무런 고민이나 생각 없이 아파서 야구를 할 수 없다는 건 프로가 할 법한 말이 아니다. 사실 그 정도의 의식밖에 안 된다면 야구단에 있을 가치가 없다. 이곳에서 뛰는 경기 하나하나가 별것 아닌 순간처럼 보일지 몰라도, 그렇게 한 순간 한 순간이 쌓여서 인생이 된다. 그 '순간'이라는 것의 가치는 말하자면 끝이 없다. 인생이란 매 순간을 붙잡으려고 최선을 다해야 하는 것인데, 그런 의식이 아직 부족하구나 싶었다.

은퇴하고 최강야구에 와 있는 선수들은 대부분이 전성기 시절 아주 뛰어난 실력자들이었다. 오죽하면 처음 인사한 날 선수단에게 "너희 전부 선수 시절엔 내가 미워했었다"라고 말했다. 하나같이 상대하려면 까다로운 선수들이라 우리 팀이 아닐 때는 골치가 아팠다. 그 정도의 선수들이, 은퇴하고서 마흔이 넘은 나이에도 최강야구라는 또 다른 구단에서 야구를 하기로 결심했다. 그렇다면 후배들에게 혹은 세상 사람들에게 무언가를 보여주겠다는 요량이 있는 것 아닌가?

처음에야 그저 흥미로 봐줬을지 몰라도 최강야구는 이제 2년 차에 접어들었다. 이쯤 되면 보는 시선도 엄격해진다. 작년과 달라진 모습을 보여줘야 사람들도 기대를 갖고 계속 응원해 준다. 선수단 전체가 새로운 마음으로, 보는 사람도 납득할 수 있는 시합을 해야 계속 응원받을 수 있다는 것이다. 그런데 선수들부터 이겨야 한다는 의식이 없고 그저 동네

야구처럼 임한다면 사람들도 차츰 외면하게 될 수밖에 없다. 그걸 알아야 하기에 선수들에게 쓴소리를 한 것이었다.

나의 일을 통해
세상에 어떤 의식을 전할 것인가

개막전 날, 애초에 선발 투수로 낙점해 놨던 선수가 전날 수술을 받아서 선발 등판이 어렵다는 걸 시합 당일에 알렸다. 그것은 조직의 팀원으로서 해서는 안 되는 행동이다. 몸이 아파 수술할 지경까지 된 것이야 어쩔 수 없지만, 그렇다면 미리 수술했다는 사실을 알려서 팀이 준비할 수 있도록 했어야 한다.

자신이 팀에게 그리고 팀원들에게 어떻게 해야 피해를 주지 않을지, 어떤 기여를 할 수 있을지 제대로 된 의식을 갖고 움직여야 비로소 '프로'라고 할 수 있다. 그런 의식이 없으면 최강야구는 아무것도 아니게 된다.

선수단 뒤에는 200명의 스태프가 있다. 시합을 하는 건 선수단이지만 그 시합 하나를 만들기 위해 뒤에서 200명이 각자 치열하게 자기 할 일을 한다. 그리고 스태프의 가족까지 하면 족히 500~600명은 된다. 야구단도 방송도 똑같다. 선수들을 위해 뒤에서는 어마어마하게 많은 사람이 일하고 있다. 수많은 사람의 밥줄이 선수단에 달려 있다. 그만큼 우리가 실수를 하면 그들에게 어떤 피해를 주는지도 평소에 인식하고 있어야 한다. 팀이라면 반드시 필요한 의식이다.

팀이 잘해야 연봉이 오르고, 연봉이 올라야 각각의 가정이 화목해진다. 내 행동에 동료들의 연봉이, 가족의 생활이 달려 있다고 생각하면 뭐든 해이한 의식으로 할 수가 없다. 비단 야구뿐만이 아니라 모든 일이 그럴 것이다.

야구선수의 마흔다섯은 사회인으로 치면 일흔에 가까운 나이다. 그 나이라면 응당 옳게 행동해야 하고, 자신의 움직임으로 후배들이나 사람들에게 어떤 의식을 전해줘야 할지도 생각해야 한다. 아무리 예능 프로그램이라고 해도 웃고 떠들고, 벤치에서 까부는 모습만 보여서는 안 된다. 선후배에 대한 의식, 이 프로그램을 통해 세상 사람들에게 전하고픈 의식, 그런 것들을 전부 생각하며 행동해야 한다는 말이다.

나는 최강야구 감독 제의를 받아들였을 때, 무엇보다도

사람들에게 희망을 주고 싶었다. 나이 들어 은퇴를 했든 프로에 지명받지 못한 선수든 노력하면 얼마든지 이길 수 있다는 걸, 노력을 통해 인생을 충분히 바꿔갈 수 있다는 걸 보여주고 싶었다.

최강야구는 승률 7할을 달성하지 못하면 폐지된다. 높은 목표다. 결코 달성하기 쉽지 않은 고지다. 그럼에도 그 목표를 달성하는 걸 보여줌으로써 사람들에게 증명하고 싶었다. 내 나이에도 할 수 있다고, 그러니까 나이가 60살이든 70살이든 노력만 한다면 어떤 목표든 이룰 수 있다고 보여주고 싶었다.

'책상 빼기'니 뭐니 해서 나이가 들면 일괄로 퇴직시키는 조직이 여전히 많다. 그런 상황에 놓인 분들 중에도 최강야구를 보는 분들이 계실 텐데, 이 방송을 통해 희망과 기쁨을 얻어가길 바랐다. 나는 그런 의식을 품고 최강야구라는 방송을 시작했다. 또 야구를 함으로써 사회에 무엇이 필요한지도 보여주고 싶었다. 나이 먹었다고 해서 안 되는 것은 없으며, 노장도 얼마든지 새로운 흐름에 빠르게 올라탈 수 있다는 것을. 어떤 자리에 있다면 스스로에게 물어야 한다. 세상에 어떤 의식을 남기고 싶은가?

돈을 받는다는 건 프로라는 뜻이다.
그렇다면 시합에서 이겨야 하고,
시합을 봐주는 관중들에게
즐거움을 안겨줘야 한다.
프로라면 시합에 나가는
매 순간에 그런 의식이 필요하다.

내가 가장 좋아하는 별명,
잠자리 눈깔

관찰력이 격의 차이를 만든다

> "힌트란 건 세상 아무 데나 가도 있다. 그 힌트들을
> 어떻게 붙잡고 느껴서 자기 길을 만들어가느냐의 차이다."

얼마 전에 최강야구에서 경기를 하는데 주자로 나가 있던 한 선수가 스타트가 늦는 바람에 아슬아슬하게 세이프가 된 적이 있었다. 보니까 뛸 생각이 없었던 것 같았다. 다음 타자가 볼을 꽤 잘 맞혀서 방망이에 '땅' 하고 맞는 소리를 듣자마자 안타였는데 왜 그랬을까? 불러서 이유를 물었다.

"너 아까 왜 안 뛰었냐?"

"뛰었는데요."

"첫 발 스타트 때 한 발 늦지 않았어? 안 뛸 생각이었던 것 아냐?"

그랬더니 그 선수가 무지 놀라는 것이다. 정말 아슬아슬하게 타이밍이 늦었던 건데 그걸 어떻게 보셨느냐고, 그렇게 미세한 차이를 들킨 게 오히려 신기하다는 반응이었다. 다른 선수들도 종종 어떤 이야기를 하면 "감독님은 어떻게 그걸 다 보고 있으세요?" 하고 혀를 내두른다. 그러면 나는 "보이니까 보지" 하고 대답한다. 보려는 의식이 있으면 뭐든 보이는 것이다. 그 미세한 차이까지 볼 수 있어야 이길 수 있다. 평생 그런 승부 속에서 살다 보니 사실 관찰이 습관이 되었다고 말하는 게 맞다.

'왜 그렇게 됐을까?' 하는 질문은 별것 아닌 것 같아도 사실 어마어마하게 크다. 모든 일은 조그마한 것에서부터 시작되기에 정말 사소한 것처럼 보여도 그 순간을 잡는 사람, 순간을 잡고 왜 그렇게 되었는지 풀어가는 사람이 결국엔 이기는 법이다.

예를 들어 선발 투수가 볼을 던지고 있는데 언젠가부터 볼이 미세하게 낮게 떨어지거나 높게 온다고 해보자. 그러면 그 투수는 지친 것이다. 그때 투수를 마운드에서 내리지 않으면 반드시 상대에게 얻어맞는다. 투수는 볼을 손에 쥔 모양, 손가락 하나를 어디에 놓느냐에 따라서 제대로 된 투구를 못할 수 있고, 타자는 언제 다리를 드는 동작을 취하느냐에 따라서 타격 타이밍이 안 맞을 수도 있다. 그래서 나는 항상 1mm도 놓치지 않으려고 애썼다. 선수들이 어떻게 하는지를 꿰뚫어보고 미세한 차이마저 찾아낼 수 있어야 제대로 알려줄 수 있으니 그럴 수밖에 없었다.

우리 선수뿐이 아니다. 예전에 상대 팀 투수 중 바지 왼쪽 다리 부분에 주름이 하나면 타자에게 투구를 하는 것이고 주름이 두 개면 견제구를 던지는 버릇이 있는 선수가 있었다. 와인드업을 하기 전부터 그게 확 티가 나서 나는 그 투수가 견제구를 던지겠다는 걸 쉽게 파악할 수 있었다. 이처럼 관찰을 하면 길이 보이니까 매 순간 관찰을 게을리 할 수가 없었다.

연습을 거듭하다 보면 어느 순간 그 미세한 차이가 보인다. 지금까지 왜 내가 제대로 못했는지, 무엇이 잘못되었던 건지 깨달을 수 있다. 연습하고 연습하는 속에서 팟 하고 오는 직감이 있다. 그걸 잡아야 한다. 그래서 선수들에게도 매번 이야기하는 것이, '제일 중요한 건 눈과 귀'라는 점이다. 하느님이 눈과 귀는 두 개씩 주고 입은 하나만 준 데는 이유가 있다. 살면서 말은 별로 중요하지 않다. '보고, 듣고, 느끼고'가 가장 중요하다.

계속 야구만 보고 야구 속에 무엇이 있나 관찰했더니 힌트가 보였다. 모든 걸 야구와 연결시키며 생각했다. 내 야구는 소질이 아니라 전부 관찰에서 나온 것이다.

순간을
붙잡을 수 있는가

그러다 보니 야구장에 있을 때 사람들에게 김성근은 왜 저렇게 맨날 화가 나 있느냐고 오해를 받았던 적도 있다. 하도 미간을 찌푸리고 있으니 그렇게 보일 수밖에. 벤치에 앉아 있으면 다가오기가 어렵다, 인상이 나쁘다는 말을 많이 들었다. 사실 화가 난 게 아니라 잘 보려고 해서 그런 것이다. 모든

'왜 그렇게 됐을까?' 하는 질문은
별것 아닌 것 같아도 사실 어마어마하게 크다.
모든 일은 조그마한 것에서부터 시작되기에
정말 사소한 것처럼 보여도
그 순간을 잡는 사람, 순간을 잡고
왜 그렇게 되었는지 풀어가는 사람이
결국엔 이기는 법이다.

걸 놓치지 않으려고 용을 쓰고, 기자들과 있을 때도 뒤에서
선수들이 어떻게 움직이는지 보고 있어야 하니까 저절로 미
간이 찌푸려졌다. 선수들의 움직임 하나하나를 놓치지 않고
'이 선수는 오늘 컨디션이 나쁘구나', '저 선수는 몸이 좀 가벼
워 보이니 내보내도 되겠다' 판단을 한다.

　　항상 무엇이든 포착하려고 하지, 멍하니 정신을 놓고 있
을 때는 거의 없다. 지금도 계속되는 버릇이다. 남들과 똑같
이 폭포를 볼 때도 그저 '아, 폭포가 참 아름답구나' 하면서
보는 게 아니라 '이 폭포는 세 개의 물줄기가 내려오는데 저
폭포는 물줄기가 다섯 개나 되는구나, 대신 이쪽 폭포 물줄
기가 더 굵어서 물줄기 개수는 적어도 물이 더 멋지게 떨어
진다' 하며 거기서도 무언가를 찾아내곤 한다. 그게 살아남
는 비결이 아닌가 싶다. 생각하기 나름이다. 뭘 보든 멍하니
보는 게 아니라 무언가 힌트를 찾아내고 거기서 어떤 아이디
어를 팍 떠올려야 한다.

　　그래서 내 별명이 '잠자리 눈깔'이었다. 어떤 순간도 놓
치지 않는다고, 가만히 서서 사방을 다 본다고 해서 붙여진
별명이다. 나쁘지 않았다. '야신'이란 별명보다 더 마음에 들
었다.

힌트란 건 세상 아무 데나 가도 있다. 그 힌트들을 어떻게 붙잡고 느껴서 자기 길을 만들어가느냐의 차이다. 힌트를 그냥 흘려보내는 사람과 그걸 보고 순간순간 아이디어를 내는 사람의 차이는 엄청나게 크다. 순간을 잡을 수 있는 집중력이 사람의 미래를 결정한다.

야구도 인생도
10cm와 30cm의 승부다

차이를 만드는 것은 '진'에 이른 관찰

"관심을 갖다 보면 퀘스천 마크가 생기는 지점이
뭐든 있을 것이다. 그 지점을 찾아 느낌표로 바꾸는 사람이
이기게 되어 있다. 야구도, 세상일도 다 그렇다."

아마 전 세계의 야구선수, 감독들 중에서 이런 훈련은
나밖에 안 했겠다 싶은 게 있다. 국기 게양대의 공을 바라보
는 훈련이다. 야구 경기가 시작할 때면 국민의례를 하고 애국
가를 부른다. 그때 태극기가 걸린 국기 게양대를 보면 게양대
맨 위에 작은 크기의 공이 하나 달려 있는데, 나는 애국가를
부르는 시간이면 오로지 그 공만 뚫어져라 쳐다봤다. 그 공에
만 집중하다 보면 애국가가 끝날 즈음에는 주변의 다른 것들

은 흐릿해지고 공밖에 안 보인다.

이 훈련을 왜 했느냐면, 집중력을 높이기 위해서였다. 아주 미세한 차이라도 볼 수 있는 눈을 만들겠다는 마음이었다. 시합 때면 꼭 그렇게 했고, 나는 야구할 때 이 훈련에서 도움을 엄청나게 받았다.

야구는 10cm와 30cm의 승부다. 투수는 10cm, 야수는 30cm다. 10cm의 차이로 스트라이크와 볼이 갈리고 30cm의 차이로 세이프와 아웃이 갈린다. 그 차이를 볼 줄 알아야 스트라이크인지 볼인지, 세이프인지 아웃인지를 안다. 그 정도의 예리한 감각을 키워야 승부에서 이길 수 있다. 그래서 해태 2군 감독 시절에는 야구장이 아니라 산으로 선수들을 데려가서 그 산 속의 나무 하나만 바라보는 연습을 시킨 적도 있다.

그저 본다고 해서 다 똑같은 관찰이 아니기에 그런 연습을 한 것이다. 관찰에는 세 가지 단계가 있는데 첫 번째 단계는 견見, '견학' 할 때의 견이다. 말 그대로 보기만 하는 것이다. 이 단계에서는 사과가 나무에서 떨어지는 모습을 봐도 아무 생각이나 의문을 갖지 않는다. 대부분의 사람들은 세상사를 이 '견'의 단계에서 바라보는 데 그친다. '왜?'라는 퀘스천 마크가 없는 것이다.

그다음 단계는 '관觀', '관광' 할 때의 관이다. 자세히 들여다보고 관심을 갖는 단계인데, 앞에서 말한 사과의 예를 들자면 '어? 사과가 떨어지네?' 정도의 생각을 갖는다면 '관'이라고 할 수 있다.

그리고 관찰에서 최고의 경지에 이른 단계가 바로 '진診'이다. 10cm와 30cm를 보는 관찰력이 바로 '진'의 단계다. '진찰' 할 때의 '진'으로, 진은 내 눈으로 본 현상 속으로 파고들어 가장 깊숙이 보는 단계다.

'왜 사과가 떨어질까? 뭐 때문일까? 무거운 사과가 더 먼저 떨어지나, 아니면 무겁든 가볍든 똑같이 떨어지나?'

사과는 매일 나무에서 떨어지는데 거기에 관심을 갖고 깊이 골몰한 사람은 오직 뉴턴밖에 없었다. 그러니까 뉴턴만이 만유인력이라는 답을 찾을 수 있었다. 뉴턴은 '진'의 단계에서 세상을 바라보고 문제를 해결했다고 할 수 있다.

어떤 현상이나 문제를 발견했을 때 그 속까지 들여다보고 탐구하며 골몰하는 게 진이다. 여기까지 들어가는 게 관찰의 베스트다. 이 눈을 가지면 10cm와 30cm의 차이를 볼 수 있게 된다. 투수라면 이 공을 어디에 던져야 하는가를, 야수라면 어떻게 해야 베이스를 지킬 수 있고 타석에 선 타자라면 어느 방향으로 쳐야 하는가를 알 수 있다.

최강야구 시합에서 한 타자가 공을 아주 잘 쳤는데 그게 직선타가 되어 상대 야수에게 잡힌 적이 있었다. 그런데 다음 타석에서도 타구가 똑같은 곳으로 가서 두 번이나 아웃되는 것이다. '실력'이 모자라서가 아니다. 그 선수는 프로에서 2000안타 이상을 친 베테랑이었다. 덕아웃으로 돌아온 선수에게 처음에 쳤을 때와 두 번째 쳤을 때 상대 야수의 위치를 봤느냐고 물었다. 안 봤단다. '진'의 단계까지 가지 못했구나 싶었다.

처음에 쳤을 때 직선타로 잡혔다면 두 번째 타석에 섰을 때는 그 야수가 어떤 위치에 있는지부터 보고 타격의 각을 조정해야 한다. 투수도 한 번 상대해 봤으니 처음보다 잘 대처할 수 있다. 변화구는 몸 쪽으로 깊이 들어오는 경향이 있고, 직구는 가운데로 몰리는 편이고, 무슨 공을 던질 때 야수가 어디에 치우쳐 서 있고…… 진의 단계로 들어가면 상대 투수와 야수가 어떻게 서 있고, 내가 거기에 어떤 식으로 대

처해야 할지까지 전부 보인다. 그게 진정한 관찰이다. 이 정도
의 관찰력을 지녀야 미래를 볼 수 있다. 더욱이 팀을 이끄는
리더라면 당연히 목표로 해야 하는 눈이다.

'왜?'라는
퀘스천 마크의 힘

나는 어느 때든 진의 단계에서 세상을 바라보려 노력했
다. 그랬더니 어느 순간부터 야구를 보는 눈이 확 커지고 깊
어졌다. 상대 선수나 코칭 스태프들의 동작 하나하나가 마치
텔레비전 중계에서 속도를 낮춰 다시보기로 보여주듯 눈에
잡히기 시작했다. 사소한 행동이나 버릇까지도 눈에 딱 잡히
니 마치 현미경으로 야구장을 보는 것 같았다.

재미있는 이야기가 하나 있다. 옛날에 다리 위에서 사과
를 파는 사과 장수가 한 명 있었다. 얼마나 장사에 열심인지
하도 닦아대서 사과 하나하나가 전부 번들번들 광이 돌 정도
였다. 그런데도 장사가 잘 안 되는 것이다. 반면 그 사람의 친
구는 가끔씩 장사를 나가는데도 엄청나게 장사가 잘되었다.

사과 장수는 고민했다. 왜 그럴까? 대체 무슨 차이일까?

답은 관찰에 있었다. 사과 장수의 친구는 자기가 장사하는 자리에 몇 시쯤이면 지나가는 사람이 많은지, 거길 지나갈 때 사람들이 필요로 하는 게 무엇일지를 다 알고 장사를 했다. 말하자면 비 오는 날은 우산을 팔러 나갔고, 해가 쨍쨍하게 더운 날은 부채를 팔러 나갔다. 그런데 사과 장수는 비가 오든 맑든, 아침이든 저녁이든, 사람이 있든 없든 한결같이 사과만 팔았다. 오로지 자기 사과만 쳐다보고 주변을 보지 못하니 장사가 잘될 리가 없었다.

세상일은 모두 '왜?'라는 퀘스천 마크를 갖고 그 속으로 들어가 깊이 관찰해야 답이 나오는 법이다. 내가 선수들에게 꼭 하는 말이, 그저 내가 시키는 대로 연습만 한다고 해서 다 해결되지 않는다는 걸 알아야 한다는 것이다. 아무 생각 없이 펑고를 받고 타격을 한다고 해서 저절로 나아지지는 않는다. 스스로 관심을 갖고 '아까는 안 되던 게 지금은 왜 되지?', '자세를 낮췄더니 좀 더 타이밍이 맞는 것 같다. 그럼 무릎을 더 굽혀볼까?', '무릎을 굽히기보다는 엉덩이를 빼는 게 더 편하구나' 하며 탐구하고 몰두해야 비로소 문제가 해결된다.

관심 속에 있지 않으면 시간이 얼마가 지나든 해결되지

않는다. 관심을 갖다 보면 퀘스천 마크가 생기는 지점이 뭐든 있을 것이다. 그 지점을 찾아 느낌표로 바꾸는 사람이 이기게 되어 있다. 야구도, 세상일도 다 그렇다.

펑고?
fun go!
고난에서 기쁨을 깨닫는 사람만이 한계를 넘어선다

"몸에 저절로 새겨질 때까지 정신없이 열중해 본 적 있느냐고,
그만큼 절실했느냐고."

감독 생활 내내 내게 꼬리표처럼 붙어 다닌 말이 있다
면 그것은 '혹사'일 것이다. 김성근은 연습을 너무 많이 시킨
다고, 선수들의 미래를 생각하지 않은 행동이라고 비난하며
나를 손가락질했다. 그러나 나는 뭘 몰라서 하는 이야기라고
생각한다.

내가 시키는 훈련은 선수들을 교육시키고 육성하기 위
한 것이다. 그 선수들의 미래 하나하나가 교육에 달려 있다.

그런데 날 보고 김성근은 자기 욕심을 위해 선수를 희생시킨다고, 이기려고 별짓을 다 한다고들 비난한다. 그런 사람들에게 나는 도리어 이렇게 묻고 싶었다.

"8000m의 에베레스트 산을 올라가고자 하는 등산가가 그 목표를 이루기 위해 500m의 산, 1000m의 산 그리고 3000m의 산을 훈련 삼아 올라간다면 그걸 혹사라고 할 수 있는가?"

높은 곳을 목표로 할수록 거기까지 가는 데는 당연히 고통이 따르고 그만큼 오랜 시간이 든다. 엄청난 노력도 필요하다. 그걸 '혹사'니 '희생'이니 말할 수는 없는 것이다.

최정은 '수비 잘하는 내야수'하면 손가락에 꼽히는 국가대표 3루수다. 그런데 나와 처음 만났을 때는 수비 실력이 아주 형편없었다. 제주도 캠프에서 처음 만나서 평고를 치는데, 도무지 아무것도 잡지 못하는 것이다. 어디로 쳐줘도 잡는 게 하나 없어 "왜 이걸 못 잡냐!", "이것도 못 잡아?"라는 말이 절로 나왔다. 나중에 보니 열 개를 쳐주면 그중 한 개나 겨우 잡는 꼴이었다. 속으로 제발 하나만 좀 잡아달라고 생각하면서 평고를 쳐준 선수는 최정밖에 없었던 것 같다. 심지어 그나마 하나 잡은 공도 송구를 제대로 하지 못해 전부 폭투가 되어버리니 소용이 없었다.

그때부터 최정에게는 코치와 함께 하루에 펑고를 말 그대로 1000개씩 쳐줬다. 펑고 1000개를 받으려면 족히 세 시간은 걸린다. 그것도 정면으로 던져주는 게 아니라 모두 온몸을 뻗어 다이빙 캐치를 하게끔 양 옆으로 쳐주니 엄청나게 지치고 힘들었을 것이다. 그렇게 지치는데도 불구하고 오히려 훈련을 하면 할수록 최정은 공을 잘 잡게 되었다. 이유가 있다. 공을 잡을 때는 글러브가 밑에서 올라오느냐, 위에서 내려오느냐에 큰 차이가 있는데 최정은 생각부터 앞서서 글러브가 위에서 내려왔다. 그러니 공마다 부딪쳐서 놓치는 것이다. 머리로만 야구를 하려 하니 나오는 결과였다.

그런데 몇 시간씩 훈련을 하며 몸이 지치니까 손에 힘이 빠졌고, 그 덕분에 공을 잡을 수 있게 되었다. 공이 튀어나가지 않게 안전하게 잡으려면 글러브에 공이 들어오는 순간 속도를 죽여 부드럽게 잡아야 하는데, 몸에 힘이 빠지니까 저절로 가능해진 것이다. 피나는 훈련을 통해 머리가 아닌 몸으로 깨달으면서 최정이 점점 변해갔다. 스스로를 한계까지 몰아붙이는 과정에서 몸에 야구의 '감'이 새겨졌다.

얼마 전에는 어떤 투수를 가르치는데 하도 제구가 안 되기에, 그럼 눈을 감고 공을 던져보라고 했다. 공이 가야 할 위치를 한동안 쳐다본 다음에 눈을 감고 그곳에 던지는 연습이다. 언뜻 듣기엔 괴상한 연습이라, 그 투수도 아연실색하며 물었다.

"눈을 감고 어떻게 공을 제대로 던집니까?"

"너, 높은 산에 가서 출렁다리를 건널 때 제일 잘 건너는 사람이 누군지 아냐?"

"모르겠는데요."

"눈 감고 다니는 사람이야. 밑이 안 보이잖아. 떨어질지도 모른다는 의식이 없잖아. 그냥 걷는 것만 생각하니까 눈 감으면 그 속으로 들어가는 거야."

사람의 눈에는 잔상이라는 게 있어서 눈을 감는다 해도 떴을 때 보던 게 20초 정도는 보인다. 오로지 그것만을 힌트 삼아 던져보는 것이다. 눈을 감으면 머릿속엔 아까 뚫어지게 쳐다보던 그곳, 목표하는 위치만 남는다. 다른 잡념 따위는 없이 깨끗한 생각으로 오직 투구 속으로만 들어갈 수 있다. 그러면 머리가 아니라 몸으로 던지게 된다. 그 감을 깨닫는 게 중요하다.

도전하는 순간순간이
기쁘고 즐거워야

얼마 전 인터뷰를 하러 갔다가, '펑고fungo'라는 단어가 '재미있게 한다'는 데서 유래했다는 말을 들었다. 처음 듣는 이야기인데 재미있다 싶었다. 그 말이 이해가 되는 것이, 실제로 펑고란 일종의 재미, 즐거움의 경지에 들어가는 일이다. 잡고, 잡지 못하는 사이에 선수들이 육성되어 가고 성장을 한다. 그 '순간'에 얼마만큼 집중하느냐에 따라 얼마나 성장하는지도 달라진다. '얼른 연습을 끝내자' 하는 마음으로 멍하니 받아치기만 하면 펑고를 500개를 받든 1000개를 받든 달라지지 않는가 하면, 자기의 어떤 점이 문제였는지, 어떤 자세를 취하고 어디에 힘을 주거나 빼야 하는지를 생각하면서 순간에 집중하면 단 100개만 받아도 확 성장하기도 한다.

즉, 얼마나 집중하고 그 속에 흠뻑 빠져드는지가 펑고의 시작이자 끝인 셈이다. 어원에 따르면 적당히 치는 펑고란 'fungo'라고 할 수 없다. 그냥 그 순간을 지나가려고 팔만 뻗어서는 의미가 없다는 말이다. 펑고를 치는 사이에 성장하는 기쁨을 발견해 얼마나 몸에 새기느냐가 제일 중요하다. 그 순간에 집중한다면 힘들다느니, 혹사니 하는 의식은 아예 생각도 나지 않을 것이다.

요즘 사람들에게 꼭 해주고 싶은 말이 있다. 처음부터 즐겁다는 생각을 가져야지, 고되다거나 힘들다고 생각하면 시작도 못 한다는 것이다. 무슨 일을 하든 어떤 의식을 가지느냐에 따라서 결과가 바뀐다. 세상에 안 되는 건 없다.

가을의 낙엽을 생각해 보라. 나무에서 떨어졌다는 건 사실 죽었다는 뜻인데, 한번 떨어졌는데도 계속 살려고 애쓴다. 세상에 거름이 되고, 나무를 키워내 끝끝내 다시 꽃을 피운다. 부활하는 것이다. 그러니 길바닥에 떨어져서 쓰레기와 구별되지 않을 만큼 제멋대로 뒹굴어도 낙엽은 아름답다. 다시 살리려는 그 노력이 아름다운 것이다.

마치 낙엽처럼, 절대 안 될 것 같아도 결국은 해내는 선수들을 나는 야구 인생 내내 무수히 봤다. 한 시간, 두 시간, 세 시간…… 평고를 치다 보면 잡든 못 잡든, 그 순간에 열중하는 사이에 선수들은 어느새 성장해 있었다. 만약 처음부터 안 된다고 생각하고 적당히 연습하다 말았다면 태평양도, 쌍방울도, SK도 그만큼 성장해 내지 못했을 것이다. 선수들에게 한계가 왔다고 생각하고 내가 더 이상 연습을 시키지 않았다면 그 선수들의 실력도 그저 그렇게 끝났을지도 모른다.

이제는 한계라는 생각이 든다면 스스로에게 다시 물어 보라. 몸에 저절로 새겨질 때까지 정신없이 열중해 본 적 있느냐고, 그만큼 절실했느냐고.

높은 곳을 목표로 할수록 거기까지 가는 데는
당연히 고통이 따르고
그만큼 오랜 시간이 든다.
엄청난 노력도 필요하다.
그걸 '혹사'니 '희생'이니 말할 수는 없는 것이다.

실패하는 순간에도
근거를 찾아라

아직도 야구가 어려운 이유

"그래도 근거를 찾으면 괜찮다.
거기서 반드시 '다음'이 생기기 때문이다."

야구는 매 게임이 순간의 움직임으로 결정된다. 투수가
던진 볼이 타자와 만나는 그 순간 승부가 난다. 그때 머릿속
에 숫자, 즉 데이터가 떠오르지 않으면 경기를 잡지 못한다.
야구란 스포츠는 확률의 싸움인데 확률이란 곧 경향이고, 그
경향에는 모름지기 근거가 있는 법이다. 언제나 근거를 갖고
움직여야 한다. 근거 없이 막무가내로 움직여서는 성공할 수
없다. 인생사 모든 게 그렇다.

초구에 스윙을 하는 걸 보고 흔히 공격적인 야구라고들 말한다. 나는 그게 왜 '공격적'인가 싶다. 이 투수는 초구에 항상 직구를 던지는 경향이 있다거나, 초구가 대체로 가운데에 몰린다거나 하는 근거가 있다면야 초구를 쳐도 된다. 그런데 그런 근거도 없으면서 무조건 초구에 방망이를 돌린다면 그것은 공격적인 게 아니라 소위 무식한 것이다.

한편 3 볼 1 스트라이크 상황이면 다들 스윙을 해야 한다고 이야기하는데 나는 그것도 틀렸다고 본다. 3할 타자라면 그래도 된다. 그런데 1할 타자가 그 상황에 무조건 스윙을 하는 건 확률이라는 걸 완전히 무시한 행동이다. 오히려 볼넷을 기다리는 게 출루할 확률이 더 높지 않은가. 만약 예상대로 되지 않아 볼넷 출루를 못했다고 하더라도, 그 시도는 근거가 있었던 것이니 충분히 고쳐나갈 수 있다. 예를 들면 '저 투수는 3 볼 1 스트라이크 상황에서는 오히려 대담하게 가운데에 직구를 꽂는구나', '3 볼 상황에서도 바깥쪽 변화구를 유인구로 사용하는구나' 이런 근거를 배울 수 있으니 말이다. 그러나 무턱대고 근거 없이 하는 일에는 다음이 없다. 성공하든 실패하든 마찬가지다.

내가 데이터 수집을 시작한 이유도 그 때문이다. 아마 한국에서 처음 데이터 야구란 걸 시작한 게 내가 아닐까 싶다. 예를 들어 저 타자는 3할을 치는데 지금 5타수 2안타다, 대체로 밀어 쳐서 안타가 나온다, 이 투수는 초구가 반드시 바깥쪽 직구다, 3볼 상황에서는 몸 쪽 변화구로 승부한다, 이런 근거들을 알고 들어가는 게 데이터 야구이고 확률로 하는 승부다.

그래서 나는 볼 카운트 얼마일 때 이런 공이 오더라, 저 투수가 어떤 손동작을 하면 또 저런 공이 오더라 하면서 내 나름대로 쌓은 데이터들을 전부 선수에게 가르쳐주고 그것들을 다 머릿속에 집어넣게 한다. 그래야만 직감으로 판단할 수 있기 때문이다.

타자라면 저 투수가 공을 던질 때 자기가 어떻게 움직여야 하는지가 순간적으로 떠올라야 한다. 그 숫자와 확률들을 머릿속에서 자유자재로 매칭시킬 수 있어야 직감으로 승부할 수 있는데, '아, 이게 뭐였더라?' 하며 이것저것 뒤적이는 순간 골든타임을 놓쳐 늦어버린다. 아무리 데이터가 많아봤자 그게 머릿속에 다 들어 있지 않으면 아무 쓸모가 없다.

언제나 근거를 갖고 움직여야 한다.

근거 없이 막무가내로 움직여서는 성공할 수 없다.

인생사 모든 게 그렇다.

그렇다면 머릿속에 데이터를 다 집어넣고 빠르게 판단하려면 어떻게 해야 하는가? 나는 몇 번이고 적었다. 시합을 관찰하며 알아낸 것들을 밤새 적고, 읽고, 또다시 적어보며 머릿속에 집어넣었다.

그래서 나는 감독 시절 선수들과 밥을 함께 먹지 않았다. 사적인 정이 쌓여 맘이 약해질까 봐 경계한 것도 있었지만 밥 먹는 시간이 아깝다는 이유도 있었다. 룸서비스를 시키면 이동 시간과 식사 시간을 아낄 수 있으니 그렇게 번 시간 동안 데이터를 보는 것이다. 데이터분석팀이 데이터를 인쇄해서 가져다줘도 그걸 그대로 보지 않았다. 내 손으로 하나하나 직접 적었다. 아침, 점심, 저녁, 밤까지 하루에 네 번 받아 적으며 데이터를 머리에 집어넣었다. 타고나길 머리가 별로 좋지 않아서 자꾸만 데이터를 까먹으니 그렇게 한 것이다.

근거는 틀림없이
승률을 높인다

선수마다 가진 독특한 습관이 있다. '배트를 어깨 높이

만큼 올릴 때는 이런 행동을 한다', '투구 전에 발을 한 번 구르면 이런 공을 던진다' 같은 것들을 다 알고 있어야 하고 그들의 행동을 딱 보면 다음에 뭘 할지를 알아야 재빨리 대처할 수 있다. 그게 직감이다.

테이블에 과자가 여러 개 쌓여 있다고 해보자. 어디에 있는 과자를 먹느냐에 따라 들어 올리는 방법이 전부 다를 것이다. 위쪽에 있는 과자를 먹으려면 단순히 손으로 집어서 들어 올리기만 하면 되지만 아래쪽에 있는 과자를 먹으려면 위쪽 과자에 방해받거나 과자 더미가 다 쏟아지지 않도록 집게손으로 슬쩍 들어서 빼야 한다. 굳이 어느 각도로 손가락을 구부려야 하는지 데이터를 들추며 계산하지 않아도 우리의 몸이 직감적으로 반응하듯이, 야구를 할 때도 그 수준으로 빠른 판단이 필요하다. 머릿속에서 직관적으로 결정해 몸이 반응할 수 있을 만큼 철저하게 준비해 놓아야 한다.

이런 것들을 이야기하면 사람들은 내게 엄청나게 노력했겠다고 말한다. 노력이 아니다. 내가 살아가는 방법이다. 그런 것은 당연히 해야 마땅한 것이지, 노력 축에 들어가지도 않는다.

이렇게 데이터를 분석해 머릿속에 집어넣어도 야구는 시작부터 끝까지 알 수가 없다. 같은 선수가 나오고 비슷한 상황이 닥쳐도 승부는 순간순간마다 바뀐다. 선수의 컨디션에 따라, 상대방의 움직임에 따라 매번 달라진다. 데이터는 참고할 만한 것이고 믿을 만한 숫자이지만 어디까지나 어제까지의 원칙이지 오늘의 원칙은 아니라는 게 야구의 생리다.

그래서 야구에 완벽함은 없는 것이다. 내가 60년을 넘게 야구를 해도 여전히 야구가 어려운 이유다. 야구에는 끝이 없다. 확률의 다툼이고, 그 확률은 매 순간 달라진다. 결국 중요한 것은 상황에 따른 대처 능력이다. '이럴 땐 이렇게 하고, 저럴 땐 저렇게 하고' 하는 대처 능력이 갖춰져 있는 사람이 이길 수 있다. 그리고 근거는 틀림없이 게임의 승률을 높일 수 있다.

근거를 찾아 헤매다 보면 자려고 누워도 머릿속이 온통 야구뿐이다. 하루 종일 야구 생각을 하는 것이다. 그렇게 야구에만 열중하고 몰두해도 시즌을 치르다 보면 몇십 번은 져 있다. 그러니 나는 아직도 야구가 참 어렵다. 그래도 근거를 찾으면 괜찮다. 거기서 반드시 '다음'이 생기기 때문이다.

거북이가 지나간 자리에
남겨진 것들

나만의 프로세스를 만든다는 것

"어떤 핑계도 대지 않고, 포기하지도 않고 오늘 하루에
모든 것을 쏟아부으며 살아야 한다. 그러면 언젠가는 이긴다."

사람의 성공을 결정하는 것은 재능일까, 노력일까? 나
는 언제나 '노력'이라고 말하곤 한다. 인생이란 100% 노력에
달려 있다.

토끼와 거북이 이야기를 떠올려보면 이해하기 쉽다. 토
끼는 빨라서 먼 거리도 금방 훌쩍 가지만, 거북이는 느려서
토끼와 같은 거리를 가는 데 곱절의 시간을 들여야 한다. 그
러나 느리면 어떤가. 거북이는 뒷걸음질을 치지 않는다. 어려

움이 닥쳐도 피하지 않고, 도망치지도 않고 묵묵히 앞으로만 나아간다. 나는 사람도 그렇게 살아야 한다고 본다.

거북이는 위기를 만나면 가만히 서서 고민한다. 머리도, 손도, 발도 몸 안으로 깊숙이 넣고 멈춰 선 채 자기 안에서 답을 찾는다. 고민하면서 자신과 싸우고, 세상과 싸운다. 거북이가 길을 걷다 멈춰 기다리는 것은 무조건 참기 위함이 아니라, 앞으로 더 나아가기 위함이다.

거북이는 몸속으로 머리도 팔도 다리도 숨긴 채 때를 기다렸다가 자기 갈 곳을 찾아간다. 끝끝내 살 길을 찾아낸다. 그러고선 한 발 한 발 그저 앞으로만 묵묵히 걸어간다. 걸음을 내딛는 데 무엇이 필요한지를 배운다. 그래서 거북이가 지나간 자리에는 의도, 인내, 아이디어 그 모든 것이 남는다. 그러면서 자신만의 프로세스를 찾아가는 것이다.

토끼는 다르다. 빠른 발을 타고났으니 거북이가 걸음을 옮기는 동안 한숨 자도 되고, 게으름을 피워도 된다. 한눈을 팔다가도 깡충 뛰어 금세 목적지까지 올 수 있는 것이 토끼들이다. 어려움이 닥치면 재빨리 뛰어서 도망가 버리고, 어디 지름길이 없나 호시탐탐 찾다가 다른 길로 돌아간다. 위기를 돌파하고 해결하는 게 아니라 회피한다. 소위 재주를 부리는 것이다. 그러나 나는 그런 것이 싫다. 도망치면 아무 프로세스도 남지 않는다.

인생을 살아가는 법도 똑같지 않나 싶다. 재주를 부리는 사람은 그 순간 당장은 위기를 모면할지 몰라도 그다음 위기가 오면 반드시 길이 막혀버린다. 위기에서 아무것도 배우지 못하는 사람은 인생을 똑바로 살 수 없다.

야구에서는 타자 타율이 3할만 돼도 잘한다고 평가한다. 그 이야기를 거꾸로 하면, 아무리 잘하는 타자라도 타석에 열 번 서면 일곱 번은 실패한다는 뜻이다. 3할을 치는 선수들은 그 일곱 번의 실패를 겪으며 무엇이 문제인지 찾고, 고민하고, 해결하려 시도한 끝에 다음에 찾아온 기회를 성공으로 만들어낸 사람들이다. 실패에서 근거를 찾아 성공으로 바꾼 것이다. 결국 인생이란 수없이 마주하는 위기, 실패를 어떻게 극복해 가고 성공으로 바꿔나가느냐에 달려 있다.

문제가 생겼을 때 그걸 회피하고 도망가는 사람은 약하다. 도망간다고 해서 문제가 다시 안 생기나? 아니다. 반드시 또 다음 문제가 생긴다. 기회가 인생에 여러 번 오듯 위기도 여러 번 온다. 그때 위기를 직시하지 않고 포기해 버리는 사람은 절대 그 위기 너머로 나아가지 못한다.

그러나 거북이같이 우직하게 걸어가는 사람들은 당장은 어렵더라도 포기하지 않고 프로세스를 배우고, 엉금엉금 기어 끝내 제 갈 길을 간다. 무슨 일이 닥치든 포기하지 않고, 순간순간 재치로 대충 모면하려 하지 않고 그 속에서 온몸으로 부딪히며 괴로움을 느낀다. 인생은 그렇게 살아야 한다.

괴로움을 느끼는 것이 새로운 길을 찾는 방법이고, 가야 할 길을 가는 법이다. 장애물이 있어도, 길에 문제가 생겨도 그저 훌쩍 뛰어넘어 버리는 토끼들이 보기에 거북이들은 바보처럼 느껴질 것이다. '돌아가면 되는 걸 왜 군이 넘어가겠다고 저렇게 고민하고 있어?' 하며 비웃을 것이다. 그러나 바보들이 출세하는 법이다. 바보는 자기가 가야 할 길밖에 모른다. 그래서 폭풍우가 닥치고, 구덩이가 생기고, 진흙탕이 되어도 그저 꿋꿋이 자기 길만 걷는다.

느릴수록
멀리 갈 수 있다

나는 스물여덟이라는 젊은 나이에 일찍이 지도자의 길을 걷기 시작했고 마흔한 살부터 프로 지도자로 일했지만 첫 우승을 한 것은 예순여섯 살 때였다. 꼬박 25년이라는 세월이 걸렸다. 그렇게 느렸지만 포기하지 않았다. 느린 만큼 부지런히 움직였고, 나 자신부터 느린 거북이였기에 인내심을 갖고 선수들을 기다려줄 수 있었다. 그렇게 느리게 나아가며 얻은 프로세스가 나를 만들었다.

나는 거북이형 인간이었다. 문제가 닥치면 해결할 때까지 오로지 내 안에서 고민하고, 생각하며 아이디어를 찾았다. 무슨 어려움이 닥치든 포기하지 않고 하루도 허투루 보내지 않고 걸었다.

시간만큼은 인간이 거스를 수 없다는 걸 알았기에 한순간도 쉴 수 없었다. 시간은 인간이 극복할 수 없는 유일한 것이다. 오늘 지나간 시간은 다시 오지 않는다. 그러니 지금 실패했다고 해서 그 자리에 멈춰 좌절하거나 잠시 쉬어가겠다고 가만히 앉아만 있다면 그 시간이 얼마나 아까운가. 어딘가 벽에 부딪혔다면 벽에 부딪혔다는 사실 자체에 힘들어할 게 아니라, 막힌 채 시간을 흘려보내고 있다는 것이 힘들게 느껴져야 한다.

무심코 보낸 하루가 나중에 엄청나게 큰 시련이 된다. 어떤 핑계도 대지 않고, 포기하지도 않고 오늘 하루에 모든 것을 쏟아부으며 살아야 한다. 그러면 언젠가는 이긴다. 그것 이 야구가 내게 가르쳐준 인생이다.

거북이는 위기를 만나면 가만히 서서 고민한다.
머리도, 손도, 발도 몸 안으로 깊숙이 넣고 멈춰 선 채
자기 안에서 답을 찾는다.
고민하면서 자신과 싸우고, 세상과 싸운다.

거북이가 길을 걷다 멈춰 기다리는 것은
무조건 참기 위함이 아니라,
앞으로 더 나아가기 위함이다.

5장

비정함 속에 담은 애정

리더는 부모다

어머니로부터 배운
비정한 애정

모든 것은 육성을 위해서

> "비정하다는 건 애정이 있다는 뜻이라는 걸,
> 키워야 하는 자식들이 생기며 알게 되었다."

    우리 어머니는 어떻게 보면 '어머니란 사람이 저렇게 비정할 수 있나' 싶은 인물이었다. 내가 아주 어렸을 때부터 그랬다. 하루 종일 집 밖에서 동네 아이들과 놀다 들어와도 "어디를 갔다왔냐", "왜 그렇게 늦게 돌아오냐" 같은 말은 일절 하신 적이 없었다. 그러니 먹고 싶은 게 있으면 알아서 찾아 먹었고, 하고 싶은 게 있으면 동네 이곳저곳을 쏘다니며 그저 내 마음대로 놀았다. 어린 시절은 공터에 모여 조악한 도구로 야구를 하고, 냇가에 가서 물고기를 잡고 노는 날의 연속이 었다. 해가 지고 어두워지면 그때야 집에 들어가는 게 당연한 일상이었다.

오죽하면 우리 집에서는 내 성적표를 본 사람이 없다. 어머니도, 형도 관심이 없었고 나도 펼쳐본 적이 없다. 그러니 아직까지 내가 공부를 잘했는지 못했는지도 모른다.

어머니는 항상 그랬다. 자식들이 뭘 하든 다 보고 있고, 알고 있으면서도 아무 말을 하지 않으셨다. 정말 잘못된 길인 것 같을 때만 한두 마디 얹을 뿐이지 그 전에는 일절 아무 말씀도 없이 자식들이 하고 싶은 대로 놔두셨다. 지금 돌이켜보면 그렇게 자유로웠던 가풍 덕에 나도 온전히 '나'라는 인간으로 자랄 수 있었던 게 아닌가 싶다. 나는 항상 나의 속에서 살았지, 누군가가 이래라 저래라 한다고 해서 거기에 얽매이거나 남들처럼 살아야 한다는 의식이 없었다. 그런 삶의 태도가 연장되어 결국 대한민국에 올 수 있었던 것 같다.

재일교포 학생야구단에 보내는 것도 사실 당시 부모로서는 쉽지 않은 결정이었을 것이다. 내가 재일교포 학생야구단으로서 한국 땅을 밟은 게 1959년이었는데, 그때 일본에는 한국, 그러니까 남한에 가면 무조건 군대에 입대해야 한다는 둥, 남한 사람들은 모두가 밥을 굶고 산다는 둥 헛소문이 팽배했다. 그 이야기를 듣고 어머니와 형도 망설였지만, 꼭 야구를 하고 싶다는 내 기세를 꺾지는 않으셨다.

그런 어머니가 유일하게 완강히 반대하셨던 게 나의 영주 귀국이었다. 그때만 해도 한일 간 수교가 단절되어 있어서 매년 관광 비자를 갱신해 한국에 들어오곤 했다. 그런데 일본 정부에서 더 이상 관광 비자를 내줄 수 없다고 한 것이다. 한국에서의 야구를 포기하고 일본에 눌러 앉을지, 아니면 야구 외엔 모든 것을 버리고 일본을 떠날지 선택해야 했다. 한국에서의 야구를 계속하겠다는 건 당시로서는 가족과도 이별하고 영원히 일본을 떠나겠다는 뜻이나 마찬가지였다.

내가 영주 귀국을 결정한 것이 1964년 12월인데, 다행히 그다음 달인 1965년 1월부터 한일 국교 정상화가 이뤄지며 가족과 문제없이 상봉할 수 있게 되었다. 한 달 사이에 내 인생이 바뀐 것이나 다름없다. 그러나 그때만 해도 한 치 앞을 모르는 상태였다. 영주 귀국을 선택하면 어쩌면 가족들과 평생 다시는 만나지 못할지도 몰랐다. '야구냐, 가족이냐'의 문제에서 나는 야구를 택한 것이다.

"가족들 다 버리고 혼자 한국에 가서 살 자신이 있냐."

"자신 있습니다. 대한민국 최고가 되겠습니다. 한국에서 국가대표 감독까지 하겠습니다."

어머니의 비장한 물음에도 나는 자신 있다고 대답했다. 그러자 어머니는 차분한 목소리로 사진기를 가져오라 말씀하셨다. 노구의 어머니와 집 앞에서 사진을 찍었다. 어느새 일흔을 목전에 둔 어머니셨다. 한참 동안 명치께를 어루만지시던 어머니는 그제야 다다미 밑에 숨겨놓았던 여권을 꺼내주셨다. 그러고서는 형과 누나를 불러 말씀하셨다.

"이 아이는 여기 있을 아이가 아니다. 보내주자."

1964년, 김포공항에 내리며 결심한 한 가지

영주 귀국을 위해 오사카 공항으로 가던 날, 어머니는 딱 집 앞까지만 배웅하셨다. 그런데 공항에 도착했더니 날씨가 궂어 비행기가 못 뜬다는 것이 아닌가. 별 수 없이 교토의

집으로 돌아갔다. 집에 도착해 보니 예상치도 못한 풍경이 나를 기다리고 있었다.

내가 쓰던 방에 이불이고 뭐고 아무것도 없이 벌써 말끔히 정리되어 있는 것이다. 김성근이 이 집에 살았다는 흔적 자체가 싹 사라져 있었다. 어머니는 그런 분이셨다. 서운하지 않았다. 오히려 어떤 전율 같은 것이 느껴졌다.

바로 다음 날, 진짜 일본을 떠나던 날도 어머니는 마루에 꼿꼿이 서서 집을 나오지 않은 채 떠나는 막내아들을 지켜보셨다. 어쩌면 다시는 볼 수 없을지 모르는 상황인데도 눈물 하나 없는 담담한 이별이었다. 마음속으로, 아니면 식구들이 보지 않는 데서 몰래 울지 않으셨나 싶다. 어머니다웠다.

가족과 인사를 나누고 비행기에 올랐다. 막상 비행기에 타니 가족과 헤어진다는 게 실감 났다. 창문 너머 철조망 사이로 흐릿하게 형과 누나의 얼굴이 보였다. 그걸 보자마자 나도 모르게 울기 시작했다. 영원한 이별이라는 게 그제야 몸으로 느껴진 것이다. 어머니와 형제들을 더 이상 만날 수 없다는 생각에, 김포공항에 도착할 때까지 정말 쉬지 않고 엉엉 울었던 것 같다.

그러나 김포공항에 착륙해 내리는 순간 바로 내 마음을 바꿨다. 눈물은 멈췄다. 스물두 살, 혈혈단신의 몸으로 김포공항에 발을 디디며 나는 딱 두 가지를 결심했다.

'내가 내린 결정에 대해서는 평생 내가 책임진다. 그리고 대한민국 최고가 되자.'

그게 어쩌면 1964년부터 지금까지 한국에서 살아온 비결이라면 비결이라고도 할 수 있겠다. 그 조그만 결심을 지키자는 마음으로 이제까지 왔으니까.

어머니는 강한 분이셨다. 아버지가 갑작스레 열차 사고로 돌아가셨을 때도 눈물 한 방울 흘리지 않았다. 아버지 없이 여자 혼자서 일곱 명이나 되는 자식을 키워야 했기 때문일까, 어머니에게는 오늘이 가장 중요했다. 오늘 살아남지 못하면 내일을 감히 생각할 수 없는 가난 속에서 어머니는 언제나 매일 사력을 다하며 살았다. 과거를 돌아보며 슬퍼할 새도 없었다. 나는 그런 어머니의 성정을 고스란히 물려받았다.

그리고 어려서부터 가족들 간에 이래라 저래라 간섭을 하지 않은 덕에 일찍이부터 자기 삶은 스스로 꾸려가야 한다는 걸 알고 있었던 게 아닌가 싶다. 주변에 신경 쓰지 않고 입이 무거운 내 성격은 그러니까, 타고 났다기보다는 자라면서 자연스럽게 형성된 것이다. 어떻게 보면 이런 가풍이 비정해 보일지도 모르겠다.

그러나 나도 지도자 생활을 시작하고, 수없이 많은 자식을 품게 되며 비로소 어머니의 비정한 애정을 이해할 수 있게 되었다. 나 역시 비정해졌다. 엄격하게 대했고, 혹독하게 훈련시켰다. 넘어져도 당장 일어나라고 소리쳤다. 손자가 넘어졌을 때 할아버지가 매번 손을 내밀어주면 아이는 몇 번을 넘어져도 발전 없이 노상 도움만 기다리게 되기 때문이다. 그러면 안 된다. 그래서 비정함이야말로 진짜 애정인 것이다. 비정하다는 건 애정이 있다는 뜻이라는 걸, 키워야 하는 자식들이 생기며 알게 되었다.

나 역시 비정해졌다.

엄격하게 대했고, 혹독하게 훈련시켰다.

넘어져도 당장 일어나라고 소리쳤다.

손자가 넘어졌을 때 할아버지가 매번 손을 내밀어주면
아이는 몇 번을 넘어져도 발전 없이
노상 도움만 기다리게 되기 때문이다.

'나'라는 물병 안에서
살아라

리더란 옆이 아닌 앞을 보는 인간

"걔네들은 우리 야구 몰라. 뭘 하더라도 비난은 내가 받을 테니
넌 내 뒤에 숨어 있어라. 그냥 그러면 돼."

소프트뱅크에 있을 때 요새 젊은이들은 다루기가 어렵
고 조직에 맞추기가 힘들다는 이야기가 종종 나왔다. 이는
소프트뱅크뿐만이 아니라 예전에 지바롯데마린즈(이하 '지바
롯데')에 있을 때도 익히 들었던 말이다. 그때 나는 감독에게
단호하게 말했었다.

"아이디어가 나오면 주위를 보지 말고 그냥 움직이세요.
불평을 하든 불만이 많든, 일단 감독이 생각한 아이디어대로

하세요. 세상에 맞추지 마시고요. 분명 처음에는 반발이 심할 겁니다. 그래도 이겨내야 합니다."

욕을 먹는다고 해서 사람들이 원하는 대로 맞춰버리고, 세상이 원하는 대로 따르면 조직을 제대로 만들어갈 수 있을까? 어떤 조직, 어떤 순간에 있어도 나중에 후회하지 않을 일을 해야 한다. 다 지나고 나서야 '아, 그때 내 생각대로 밀어붙일걸' 하며 아쉬워할 일은 해서는 안 된다. 내가 55년간 리더로 살며 몸으로 느낀 것이다.

나는 아마 야구 감독 중 가장 비난을 많이 받은 사람이 아닐까 싶다. 내가 하는 일에 얼마나 반발이 많은지는 알고 있었다. 그러나 바깥의 이야기에 끌려 다니면 안에서는 일을 제대로 못 한다. 나 김성근의 야구도 할 수 없었을 것이고, 선수들도 제대로 키우지 못했을 것이다.

물병이 하나 있다고 해보자. 병 속에 있는 물이 나이고 바깥이 세상이다. 바깥이 시끄럽다고 해서 내가 밖으로 나가면 물은 그대로 흘러 사라져버린다. '나'라는 인간이 온데간데 없어지는 것이다. 그러니 무슨 일이 있건, 밖에서 뭐라고 떠들건 나는 그 물병 속에서 살아가는 방법을 찾아야 한다.

어떻게 하면 돌파할 수 있는지, 어떻게 하면 더 좋은 방향으로 이끌어갈 수 있는지 그 '병 안에서의' 방법을 고민해야지, 세상이 비난한다고 해서 무작정 바깥으로 나와 거기에 따르면 '내'가 아니게 되어버린다.

쌍방울이 어떻길래 벌떼 야구를 하는지, SK가 어떻길래 자꾸 도루를 시키고 번트 지시를 하는지 바깥에선 모른다. 그러니 비난을 하고 자꾸 말을 얹는 것이다. 만약 비상식적인 방법을 쓴다면 세상은 더 시끄러워진다. 그저 비상식적이라고, 저런 방법은 본 적이 없다고 비난만 한다. 쌍방울 시절에는 이닝을 쪼개 투수를 여러 명을 쓰니 중간 투수가 승리 투수가 되는 경우가 많았는데, 그러다 보니 내가 특정 선수의 승리를 챙겨주려고 일부러 잘하고 있는 선발 투수를 강판시킨다며 엄청나게 욕을 먹었다. 바깥에 있는 사람들은 전부 나를 욕했다. 하도 세상이 시끄러우니 그 투수가 내게 와서 도저히 자기는 등판을 못 하겠다고 말했다. 매스컴도 야구계도 시끄럽고, 자기도 나도 자꾸 욕을 먹으니 더 이상은 등판하지 못하겠다는 것이었다.

"걔네들은 우리 야구 몰라. 뭘 하더라도 비난은 내가 받을 테니 넌 내 뒤에 숨어 있어라. 그냥 그러면 돼."

바깥이 시끄럽다고 해서 내가 밖으로 나가면
물은 그대로 흘러 사라져버린다.
'나'라는 인간이 온데간데없어지는 것이다.
그러니 무슨 일이 있건, 밖에서 뭐라고 떠들건
나는 그 물병 속에서 살아가는 방법을 찾아야 한다.

나는 끝까지 흔들리지 않았다. 욕을 얼마나 먹든 내게는 전혀 중요치 않았다. 리더는 내가 욕을 먹진 않는지, 사람들이 뭐라고 하는지 자꾸 옆을 봐선 안 된다. 그저 앞만 바라봐야 하는 존재다. 결국 그해 그 투수는 20승까지 달성했고 쌍방울은 2위까지 올라가는 쾌거를 이뤘다. 만년 꼴찌이던 팀이 준우승까지 해낸 것이다. 바깥이 얼마나 시끄럽든 우리 조직은 이겼다. 선수들이 성장했고, 성적을 냈고, 돈을 벌었다. 그러면 된 것이었다.

그래서 리더는 어마어마하게 참아야 하는 사람이다. 참고, 견디고, 이겨내는 사람이다. 욕을 바가지로 먹더라도 꿋꿋하게 자기 갈 길을 밀어붙여야 한다. 그러니 외롭고 고독할 수밖에 없다.

살기 위해 일하는 것만큼 치욕스러운 게 없다

살기 위해 일하느냐, 일하기 위해 사느냐를 묻는다면 나는 단연코 일하기 위해 살았다. 정확히 말하면 야구를 하기 위해 살았다.

살기 위해 일하다 보면 비굴해지는 순간이 많다. 내 목숨을 부지하려면 바깥에서 들려오는 이야기와 타협해야 하기 때문이다. 반면 일하기 위해 살면 바깥에는 신경 쓰지 않고 그저 일에만 필사적으로 살 수 있다. 자기 뜻을 확고하게 관철하며 일할 수 있다. 나는 평생 일하기 위해 살았기에 남에게 아부를 한다든지 세상 사람들에게 맞춰준 적이 없었다. 그러니 주위에 사람이 점점 없어지기도 했다.

그럼에도 나는 나이고 내 것은 내 것이어야 한다. 세상이 바뀐다고 해서 거기에 나도 훌쩍 편승하고 조직의 룰을 바꿔서는 안 된다. 바깥에서는 물병 속에 무슨 일이 일어나는지 전혀 모른다.

남의 이야기에 흔들리면 갈 데가 없다. 김성근의 인생에는 김성근을 걸어야지, 이 아무개 박 아무개를 걸어서는 안 된다. 만약 잘린다고 해도 내가 하고 싶은 대로 하고 나서 잘리면 속이 시원하다. 그래서 나는 그렇게 여러 번 잘렸어도 단 한 번도 후회는 없었다.

이제까지 세상과 무수히 싸웠고 비난도 많이 받았다. 그러나 지금 생각해 보면, 처음부터 세상과 타협하며 살았다

면 오히려 지금보다 더 큰 비난을 받았겠다 싶다. 제대로 해
낸 일이 아무것도 없었을 테니까.

　물이 물병 바깥으로 나오면 물은 그대로 흩어져버린다.
누구든 자기라는 물병 안에서 살아갈 방법을 찾으면 된다. 비
상식이 되든 뭐가 되든, 그 물병 속에서 물을 살려놓는 게 내
역할이다. 세상에서 성공한 사람들을 보면 그중엔 세상이 원
하는 대로 타협하고 맞추는 사람은 없다. 자기 색깔이라고 하
는 건 각자 누구에게나 있다. 그리고 그 뜻을 위해 타협이란
없어야 한다. 자꾸 자기 뜻을 꺾다 보면 나중에 떠날 때가 되
어서는 남는 게 한스러움밖에 없을 것이다.

부모는
자식을 버리지 않는다

실책한 선수에게 취해야 할 리더의 자세

"마지막에 자식이 다 컸을 때 비로소 자기 인생이 끝난다.
그게 리더다."

최강야구에서 장충고와 경기를 했을 때 어떤 선수가 한 경기에서 두 번이나 실책을 한 적이 있다. 그건 전부 내 탓이었다. 왜 경기 전에 이렇게 하라고 미리 안 알려줬을까, 훈련을 덜 시켰을까…….

사실 선수가 실책을 저지르는 것은 전부 감독 탓이다. 실책을 했다는 건 선수가 아직까지 그 정도 수준에 머무르고 있다는 뜻이고, 감독은 선수의 수준을 올려줘야 하는 사람이니 결국 실책은 수준을 올려주지 못한 감독의 문제인 것이다. 그러니 실책을 저질렀다고 해서 선수를 혼낼 필요도 없다. 혼내는 게 아니라 다시는 그런 실책을 저지르지 않도록 고쳐 놓는 게 관건이다.

시합이 끝나고 그 선수를 불러 한 시간이 넘도록 평고를 쳐줬다. 처음엔 둘이서만 하다가 다른 대학생 선수들도 불러서 훈련을 함께 시켰다. 그 둘도 아마추어니 수준이 올라오지 않은 건 마찬가지다. 셋 다 볼을 잡아야 하는데 더듬고, 글러브에서 볼을 빼다가 떨어뜨리고, 송구할 때 폭투가 나고 아주 난리도 아니었다. 끝나고 나니 셋 다 누워서 헉헉거리며 숨을 몰아쉬었다. 아직 20대인데 저렇게까지 힘든가 싶었다.

끝나고 이젠 알겠느냐고 물었다. 그렇다고 대답했다. 그럼 그냥 집에 가면 된다. 그걸로 된 것이다.

원래 실책을 하면 선수는 거기에 얽매여서 '또 똑같은 실수를 하면 어떡하지', '어제처럼 되면 어떡하지' 하면서 주춤해 제 플레이를 못하게 된다. 그러면 또 실수가 나고, 플레이를 하기가 두려워지면서 악순환이 반복된다. 그래서 혼내는 게 아니라 고쳐놔야 한다는 것이다. 혼내봤자 뭘 하는가.

선수들도 그렇게 플레이하면 안 된다는 걸 이미 알고 있는데 잔소리를 해봤자 '왜 진작 말해주지 않고선' 하고 반감만 갖는다. 나는 원래 야단칠 때 말하는 게 짧다.

그저 다시는 그런 실수를 하지 않게끔 고쳐놓는 게 내 역할이다. 그러면 다음 날이 되었을 때 어제의 실책에 대한 의식이 사라지고 죄책감이나 두려움 없이 자기 플레이를 할 수 있게 된다. 그러면 조직은 그 선수 한 명을 다시 살려놓은 것이다.

무언가에 통달하는 과정을 등산이라고 본다면 리더는 산의 정상에 있고 아랫사람들은 그 길의 중간중간, 혹은 스타트 지점에 서 있는 격이다. 그러면 리더는 아랫사람들도 그 뒤를 따라 잘 오를 수 있도록 이끌어줘야 한다. 자전거를 처음 배울 때는 중심을 잃지 않도록 뒤에서 부모가 자전거를 붙잡아주는 것과 똑같다. 어느 정도 선까지는 수준을 끌어올릴 수 있도록 리더가 도와줘야 한다.

그런데 요새는 모든 게 스피디speedy하니까 처음부터 선수를 그 선에 갖다놓고 평가한다. 한참 더 걸어 올라와야 할 사람을 무작정 기준선에 맞춰 비교해 보고는 글렀다고 평가

해 버린다. 아직 프로세스도 알지 못하는 선수를 시합에 내보내놓고서 "이 선수의 역량은 마이너스"라고 공표하는 것이다. 그러면 그 선수는 못 쓰는 선수로 영영 낙인이 찍혀버리는데, 요즘 조직은 대부분이 그걸 서슴지 않는다. 아무렇지도 않게 사람을 버린다.

고양원더스 시절, 나를 찾아와 꼴찌 팀을 1등으로 만든 비결이 무엇이었냐고 묻는 문재인 전 대통령에게 "부모가 자식을 버립니까? 안 버리죠. 그게 기본 자세예요"라고 대답했다. 그분뿐 아니라 나를 찾아오는 정치인들 누구에게나 똑같이 말한다. 대통령이 국민을 버리면 안 된다고, 대통령에게 국민이란 자기 자식인데 모든 걸 바쳐야 하지 않겠느냐고. 그게 리더라면 응당 가져야 할 마음이다.

부모는 주머니에 만 원이 있든 1000원이 있든, 아니 설사 가진 게 단돈 10원 한 장뿐이든 자식을 버리지 않는다. 그게 부모다. 그런데 요새는 야구뿐만이 아니라 정치인이고 조직이고 모두 사람을 살리는 게 아니라 버리는 조직이 되어버렸다. 제대로 프로세스를 배우지도 못한 조직원을 세상에 내보내고는 성과가 낮거나 기대했던 만큼 해내지 못하면 너는 쓸모가 없다면서 쉽게 버리고 더 나은 인재를 찾는다. 그게 요즘 조직이다. 다들 리더의 사명감이란 것을 잊고 사는 게 아닌가 싶다.

자신을 전부 바치는 리더가
사람을 살린다

리더는 자기를 전부 희생해서라도 아랫사람을 살리고, 조직을 살리겠다는 사명감을 가져야 하는 사람이다. 어느 순간에 있든 미래를 봐야 한다. '이 사람은 어떻게 키우나', '우리 조직은 어떤 모습을 목표로 나아가야 하나' 생각하며 끈질기게 방법을 찾고, 그 방법을 실천하고, 성과를 내서 조직을 발전시키는 게 리더의 숙제다.

그래서 자기의 사적인 시간을 아랫사람을 위해 다 바칠 수 있어야 리더라고 할 수 있다. 자기를 희생하고 시간을 다 내어주더라도 전력투구해서 사람을 키우는 게 리더다. 그게 리더의 기본이다.

프로 감독 시절, 딸들은 내게 "집에 놀러오세요"라고 말하곤 했다. 그만큼 집에 가지 않았다. 이겨야 하고, 선수를 키워야 하고, 조직을 만들어야 하고, 매스컴과 가까이 해야 하고, 구단에 돈을 벌어다 줘야 하고, 야구의 미래도 생각해야 하고……. 그 여섯 가지가 내가 생각하는 감독으로서 해야할 일이었는데, 그걸 다 하려면 집에 갈 시간조차 없었다. 내 자식이 셋이나 있지만 정작 그 자식들의 입학식이나 졸업식엔 한 번도 가지 못했다. 그렇게 사적인 시간을 전부 바치는게 리더다. 그래서 리더는 끈질기지 않으면 안 된다. '엄청나게 한다, 반드시 한다, 될 때까지 한다.' 리더가 가져야 할 의식이다. 그래야 숙제를 완수할 수 있다.

선수들 각자가 타고난 소질이 다르고 성격이나 특성에 따라 키워줘야 하는 길도 다르다. 또한 잠재 능력이 100이 있는 사람이 있다면 500이 있는 사람도 있고 10밖에 없는 사람도 있을 것이다. 그러면 리더는 그 사람이 가진 만큼의 잠재 능력을 모두 발휘할 수 있게 해주는 게 베스트다. 그런데 자기를 더 중요시하는 리더는 그런 생각을 하지 않는다. 자기 시간만 중요하니까 누구를 키울 생각은 하지 않는다. 잠재 능력이 아직 발휘되지 않은 선수를 보고 '원래부터 못하는 선수'라고 단정하고는 버리는 것도 다 그런 이유에서다. 요즘 정치인들도 크게 다를 바가 없는 것처럼 보인다. 그러니까 나라가 자꾸 시끄러운 게 아닌가 싶다.

리더란 한 발 한 발 맞춰가며 더 높은 곳으로 아랫사람을 올려다줘야 하는 사람이다. 처음에는 아랫사람들도 불평도 하고 반감도 갖겠지만 어느 지점에 다다르면 리더의 본심을 알게 된다. '이 사람은 진짜 날 위해 그런 과제를 줬구나' 하고 마음으로 고마움을 느낀다. 그리고 그때 결과가 나오면 결과를 내기 위해 프로세스가 반드시 필요했다는 것도 깨달을 수 있다.

결국 리더는 아랫사람에게 필요한 모든 프로세스를 전수해 주며 키우는 것, 그들 전부가 프로세스를 갖게 만드는 것, 그리고 결과를 내기 위해서는 프로세스가 필요하다는 걸 깨닫게 해주는 것, 이 세 가지 일을 전부 해야 한다. 이걸 해내면 조직은 어마어마하게 강해진다.

아마 대한민국에서 연습은 내가 제일 많이 했을 것이다. 일본에서, 세계에서 봐도 제일 많지 않았나 싶다. 왜 그랬느냐 하면 그게 다 선수를 만들고 싶다는 일념 때문이었다. 부모는 '이 자식을 어떡하나' 싶어서 온몸을 바쳐 돈을 벌어오고 빚을 얻으면서까지 자식을 공부시키지 않는가. 똑같다. 그렇게 마지막에 자식이 다 컸을 때 비로소 자기 인생이 끝난다. 그게 리더다.

나만 살려는 것만큼
비참한 인생이 없다

강한 팀을 지탱하는 원천이란

"어쩔 수 없이 손가락질을 받아야 한다면
위에서 받는 게 리더다."

나는 감독을 하면서 수없이 잘렸어도 구단을 원망한 적
이 없다. 밖에서 뭐라고 하든 내 신념에 따라 일했기 때문이
아닌가 싶다. 나는 살아남기 위해 일하지 않았다. 일이란 소
위 신념을 가지고 강한 의지로 자기 목적을 달성해야 하는
행위다. 일이 아니라 살아남는 걸 목적으로 삼으면 신념이 약
해질 수밖에 없다. 위에서 하는 말에 흔들리고, 옆에서 하는
말에 흔들리니 자기 뜻대로 일을 펼치지 못하는 것이다.

나는 내가 해야 한다고 생각하는 일은 무조건 했다. 그래야 잘려도 회사를 원망하지 않기 때문이다. 깨끗하다. 그만두라는 소리를 들어도 그저 '끝났구나' 싶다. 아무런 타격이 없다. 하고 싶은 대로 하다가 잘리면 슬프게 생각할 필요가 하나도 없다.

기업에서 강의를 할 때 이런 이야기를 하면 열 명이면 열 명이 다 부럽다고, 그리 살고 싶다고 말했다. 그렇게 살아야 후회가 없다는 걸 나이가 들면 다 아는 것이다.

내가 가진 뜻대로 밀고 나가니까 '김성근은 트러블을 너무 잘 일으킨다'는 소리도 심심찮게 들었다. 실제로 나는 사장이든 단장이든, 아니면 모기업에서 나온 사람들에게든 할 말은 다 했다. 고분고분하게 굴지 않으니 구단들은 걸핏하면 나를 내보낼 작정을 했다. 그래도 나는 내 뜻을 굽히며 고개를 숙이지 않았다.

야구에서는 상대 팀에게 모자를 벗어 인사하는 게 예의다. 나도 당연히 그렇게 했지만, 상대가 사장일 경우에는 '무조건'은 아니었다. 그러니까 김성근은 인사도 안 하고 버릇이 없다며 욕을 많이 먹기도 했는데, 사실 여기에는 내 나름의 이유가 있었다. 사장이 와서 모자를 벗고 인사를 한 날 시합에서 진다면 그게 징크스가 되는 것이다. 물론 사장에게 인사해서 진 건 아니다. 하지만 지는 날 했던 행동은 전부 피하고 싶어진다. 징크스는 반드시 이기고 싶다는 열망, 집념이다. 이기고 싶다면 아무리 작은 것이라고 해도, 설사 그게 미신처럼 느껴진다 해도 허투루 볼 수 없다. OB 코치 때는 연승을 하길래 나흘 내내 속옷을 갈아입지 않은 적도 있다. 그만큼 절실한 것이다. 누가 오든, 뭘 하든 간에 시합에서 이긴다는 목적 외엔 생각하지 않았다.

사실 당연한 것 아닌가. 야구로 이기기 위해, 선수들을 키우기 위해, 팀을 강하게 만들기 위해 감독이란 자리가 있다. 그게 나라는 존재의 목적이다. 그렇다면 내 앞에 누가 있든 오로지 감독으로서의 목적만 생각해야 하는 것이다.

물이 받쳐주는 배가
더 멀리 나아갈 수 있다

SK 시절, 시합 중에 트러블이 생기는 바람에 그다음 날 상대 팀 팬이 구장에 난입하고, 선수단 버스에 물병을 집어 던지고 드러눕는 등 난리가 난 적이 있었다. 그때 내가 진짜 화가 났던 상대는 상대 팀 팬이 아니라 그런 사태가 일어났는데도 아무 대처를 하지 않은 구단과 구단 사장이었다. 우리 선수들이 이런 꼴을 당하고 있는데 사장 당신은 뭘 했느냐고, 당장 문제가 생긴 다음 날에 시합을 하는데 상대 팀에, KBO에 경비는 요청했느냐고 따져 물었다.

아무것도 안 했다는 대답이 돌아왔다. 그게 무슨 사장인가 싶었다. 선수들이 뭘 당하든 분노하지도 않고 걱정하지도 않는다. 구단에는 선수가 곧 재산인데, 구단을 운영하는 사람이 선수 걱정을 하지 않는다면 사장으로서의 의식도 없는 것이다. 그러면서 내게 깨끗한 야구를 해달라느니 그런 소리를 하고 있으니 속이 부글부글 끓었다.

웬만한 감독 같으면 불만이 있어도 꾹 참았을 것이다. 하지만 나는 그러지 않았다. 윗분들은 "사장님, 감사합니다, 감사합니다" 하는 사람들에게 익숙하니 아마 나는 아주 불편한 존재였을 것이다.

그러나 일부러 트러블을 내는 게 아니다. 감독이고 리더니까 싸우는 것이다. 구단의 사장 같은 분들은 대체로 수직적인 사회에서 살아온 사람이다 보니 아랫사람이라면 무조건 복종하길 원한다. 그러나 무엇이든 내 뜻 없이 사장의 말에만 맞추고 따르다 보면 팀은 갈 길을 잃는다. 리더가 둘이 되는 격이다. 정체성이라는 게 없어지면서 이도 저도 아닌 팀이 된다. 그러면 선수도 코치도 길을 잃고 결국 야구단은 구단으로서 죽어버린다.

위에 당하는가, 밑에 당하는가의 기로에 섰을 때 내 철칙은 위에 당하는 것이었다. 어쩔 수 없이 손가락질을 받아야 한다면 위에서 받는 게 리더다. 나 혼자 살겠다고 무조건 위에 맞추고 아부하면 조직은 길을 잃는다.

비유하자면 리더는 배고 아랫사람들은 물이다. 위에서 누군가가 끌어올려 준다고 해도 그가 놓는 순간 배의 운명은 끝이다. 위에서 놓으면 물속에 영원히 잠겨버린다. 그러니 위에서 끌어올려 주기만 기대하고 의지하는 배는 약할 수밖에 없다.

그렇다면 무엇이 필요한가? 그것은 받쳐주는 물, 즉 사람의 지지다. 밑에서 물이 받쳐주면 배는 계속 뜰 수 있고 나아갈 수 있다. 그러니까 윗사람들이 아끼는 리더가 아니라 아랫사람들이 신뢰하고 받쳐주는 리더가 훨씬 강한 것이다.

윗사람에게 얼마나 밉보이든 바깥에서 뭐라고 하든 리더라면 조직을 살리는 길을 택해야 한다. 그래야 계속 나아갈 수 있다. 위에 아부해서 출세한 사람들은 자기 생명을 걸고 일하지 않으니 나중에 보면 결국은 사라져 있다. 남에게만 책임을 전가하며 나만 살려고 발버둥을 친다. 정치도 잇속다툼을 하기 바쁘고, 국민을 살리려는 게 아니라 자기만 살려고 하니까 문제가 해결이 안 된다. 그러니까 세상이 어렵다.

아부로 세상살이를 하면 조직과 세상에도 나쁘지만 무엇보다도 자기 자신에게 나쁘다. 아부하고 기분을 맞춰주다가 잘리면 그렇게 한스러운 게 없다. 배신당하는 것이지 않은가. 인생에서 제일 비참한 게 아부하고, 남들이 말하는 대로 다 맞춰주다가 잘리는 것이다. 나는 그렇게는 살지 않았다.

밑에서 물이 받쳐주면 배는
계속 뜰 수 있고 나아갈 수 있다.
그러니까 윗사람들이 아끼는 리더가 아니라,
아랫사람들이 신뢰하고 받쳐주는 리더가
훨씬 강한 것이다.

술 한잔을 함께
마실 수 없는 자리

한국에 발을 디디며 품은 결심

"내가 강해지는 수밖에 없겠다는 생각을 품었다.
내게는 굉장한 결심이었다.
어쩌면 그게 한국에 와서 가장 좋았던 점인지도 모른다.
강해지고 싶다는 마음이 절대적으로 커지도록 만들어줬으니."

재일교포 학생야구단으로 처음 한국에 들어온 날이었
다. 버스를 타고 김포공항에서 영등포로 이동하던 중 창문 너
머로 길가에 한 사람이 쓰러져 있는 모습이 보였다. 놀란 나
는 '저 사람은 어디가 아픈 건가?' 싶어 눈을 떼지 못했는데,
놀랍게도 길가에 지나가는 사람 누구도 그에게 관심을 갖지
않았다. 누구 하나 쓰러진 이에게 가서 괜찮으냐고 물어보거
나 도움을 주지 않았다. 그 장면이 내게는 엄청난 충격으로

다가왔다. '이런 게 우리나라인가?'라는 생각부터 들었다.

이렇게 말하면 나쁘게 들릴지도 모르겠지만, 그때 나는 처음으로 '이 나라에서는 누구에게 기대서는 안 되겠다, 내가 강해지는 수밖에 없겠다'는 생각을 품었다. 내게는 굉장한 결심이었다. 어쩌면 그게 한국에 와서 가장 좋았던 점인지도 모른다. 강해지고 싶다는 마음이 절대적으로 커지도록 만들어 줬으니.

실제로 나는 인생에서 한가운데에 서본 적이 없다. 한 발만 물러서면 낭떠러지 아래로 떨어져 죽는다고 생각했다. 말하자면 모퉁이 인생이다. 나 스스로 방법을 찾지 않으면 살길이 없다 싶었다.

그렇기에 야구로 생존해야 한다는 의식이 그토록 강했던 것이다. 재일교포 학생야구단으로서 한국에 와 야구를 했을 때는 시합이 끝나면 관중들에게 '쪽발이'라는 야유를 듣곤 했다. 일본에서는 사회인 야구단 입단 테스트를 봤지만 줄줄이 고배를 마셨다. 한 곳에서는 테스트 결과는 괜찮았지만 국적이 문제가 되어 탈락 통보를 받았다. 소위 '조센징'이란 게 약점이 되던 시대였다. 조국인 한국에서도, 나고 자란 일본에서도 환영받지 못하는 존재였다. 게다가 파벌이나 연줄 같은 것도 없고 기질상 윗사람에게 아부해서 살아남을 성격도 아니었다. 그러니 살 길은 하나, 내가 강해지는 것뿐이었다.

'참아야지, 누군가에게 기대려 하지 말고 내가 강해지는 수밖에 없다.'

어쩌면 어려서부터 그런 기질을 키워온 덕분에 고독한 리더로서의 삶도 감내할 수 있지 않았나 싶다.

사실 리더는 외로운 자리다. 시합에서 진 날이면 특히 그렇다. 시합에 지면 힘을 빼고 싶을 때도 있다. 기분이 안 좋으니 술 한잔도 생각난다. 그래도 주변에 있는 건 제자와 코치뿐이니 꾹 참았다. 개인적으로는 절대 코치와 술을 하지 않는 게 내 철칙이었다. 술을 마시다 보면 나도 모르게 하소연을 하고 속내를 털어놓을 수도 있는데, 그러면 불안함이며 약점 같은 것들이 다 드러난다.

그러나 리더는 흔들려도 흔들림을 보여주면 안 되는 자리다. 감독의 불안이 선수들에게 전해지면 이미 시합을 시작하기도 전부터 진 것이나 마찬가지이기 때문이다. 그래서 나는 아무리 힘들어도, 죽는 한이 있어도 아무 말도 하지 않았다. 약점이란 건 절대 보여서는 안 된다고 생각하며 살았다. 그렇게 고독을 자처하며 약점도 불안도 철저히 숨겼다.

홀로 걷고,
홀로 이겨내는 게 리더다

'코끼리 무덤'이라는 말이 있다. 코끼리는 죽을 때가 되면 스스로 무리를 이탈해 아무도 안 보는 데서 죽기 때문에 코끼리의 무덤은 아무도 본 적이 없다는 이야기다. 코끼리가 실제로 그러한지는 모르겠지만 나도 그렇게 살고자 했다.

많은 사람이 간과하는 것이 있는데, 내게 찾아온 시련은 온전히 개인의 몫이라는 점이다. 내가 속한 조직이나 사회는 나의 아픔과 전혀 상관이 없다. 냉정하게 들린다 해도 어쩔 수 없다.

힘이 든다거나 아프다거나 어제 무리했다거나 그런 핑계를 대다 보면 사람은 힘을 잃는다. 지금의 몸 상태로 된다 안 된다를 따질 게 아니라 '어떻게 이겨낼까', '방법이 없을까'

를 고민해야 한다. 그게 싫고 도저히 불가능하다면 조직에서 나가는 수밖에 없다.

힘이 들든 뭘 하든 할 일은 해야 한다. 그게 사명감이고 리더다. 그래서 리더는 고독할 수밖에 없다. 누구보다 치열하게 자기 관리를 해야 하고, 절체절명의 순간에는 혼자 결단을 내려야 한다. 옆에서 뭐라고 말을 얹든 내가 옳다고 생각하는 길이 확고하다면 물러서지 않고 그 길을 밀고 나가야 한다. 그뿐만 아니라 결과도 보여줘야 한다. 그 과정에서 무지하게 욕을 먹는다 해도 할 수 없다. 아랫사람들은 다 내 뒤에 숨기고 혼자 비난들을 받아내는 게 리더의 역할이고 내가 해온 일이었다.

그래서 세상살이를 뒤돌아보면 나한테는 남은 사람이 별로 없다. 보통은 무언가를 함께하면 친구가 되는데, 야구를 함께하면 라이벌이 된다. 50년이 넘도록 야구를 해왔으니 내게는 라이벌만 잔뜩 남은 격이다. 제자가 늘어날수록 반대로 친구는 줄어들었다. 지금까지 내내 싸우며 살아왔으니 어쩔 수 없다.

사이가 가까운 감독들도 몇 있었지만 야구에 관해서는

힘이 든다거나 아프다거나 어제 무리했다거나
그런 핑계를 대다 보면 사람은 힘을 잃는다.

항상 분명한 선이 그어져 있었다. 상대방이 언제 라이벌이 될지 모르는데 나를 다 보여줄 수는 없는 일이다. 현장에서 함께 세월을 보낸 사람이야 많아도 '세시봉' 같은 사이는 될 수 없는 게 승부의 세계다. 나는 평생 그 세계 안에서만 산 것 같다.

진정한 리더는
존경을 바라지 않는다
승률을 높여가는 리더의 습관

"진정한 리더는
현역 때 존경을 받지 않는다."

김성근의 야구는 너무 승부에 집착한다거나 악착같아서 재미가 없다거나 하는 비난을 숱하게 들었다. 즐기는 야구를 해야 한다는 말도 있었다. 그러나 그건 틀렸다고 본다. 즐기는 야구란 말 그대로 '놀고 있는' 것이지, 프로가 할 일이 아니다. 심지어 SK 감독 시절에는 모기업에서 나온 사람들에게 우승을 해도 기쁘지 않으니 깨끗한 야구를 해서 존경받는 리더가 되어달라는 말을 들은 적도 있다. 야구를 모르는 사람들의 이야기다 싶었다.

나는 이제 리더가 된 제자들에게 절대 존경받는 리더가 되라고 말하지 않는다. 존경받는 감독, 존경받는 리더란 사실 일을 못하는 사람이 아닌가 싶다. 리더는 모든 식구의 살림을 책임지는 자리다. 감독 뒤에는 수없이 많은 선수가 있다. 내 밑에 선수가 100명이 있다면 식구가 다섯 명씩만 딸려 있어도 내게 500명이 달려 있는 것이다. 선수, 코치, 구단, 직원…… 모두 생각하면 1000명 이상의 밥줄이 감독의 손에 맡겨져 있는 것이나 다름없다.

돈이 있어야 행복하지, 돈 없는 가정이 행복할 수 있나? 회사가 돈을 벌어야 직원들에게 보너스가 들어오고 연봉이 올라간다. 지는 사람에게는 돈이 오지 않는다. 그러니 리더는 결과를 내기 위해 기꺼이 목숨이라도 걸어야 하는 것이다. 그런데 재미니, 존경이니 하는 것들을 생각할 새가 없다.

철은 뜨거울 때 때리라는 말이 있다. 리더라면 아프냐고도, 괜찮냐고도 묻지 말고 그저 따르도록 해야 한다. 물론 가혹한 훈련을 시키면 처음에는 뒤에서 욕을 듣는다. 그러나 결과를 내고 나면 누구든 리더를 따라오게 되어 있다. '이 사람이 나를 정말 키워주려고 그렇게 훈련을 시킨 거구나'라는 걸 깨닫고 나면 그때부터는 리더를 신뢰하는 것이다. 그래서 나는 존경 대신 신뢰를 받아야 한다고 이야기한다. 룰 안에서라면 어떤 방법이든 수단이든 찾아 상대방을 이겨서 신뢰를 받아야 한다. 어떻게든 악착같이 이기려고 용을 쓰는데 사람들에게 존경을 받을 수가 있겠는가.

그래서 나는 어느 팀을 가든 간에 첫 시합, 개막전에 생명을 걸었다. 감독을 10년을 하든 20년을 하든 그것만큼은 똑같다. 보통은 상대팀과 시합을 한다고 생각하지만 사실 개막전은 상대가 아니라 우리 팀 선수들과의 싸움이다. 거기서 이기면 선수들이 나를 믿게 되지만, 지면 신뢰를 잃는다. 지독하게 훈련을 시켜놓고 지면 선수들도 당연히 '큰소리 치고 연습을 그렇게 시키더니, 뭐야?' 하고 생각한다. 신뢰를 완전히 잃는 것이다.

그러니 개막전은 실상 신뢰를 놓고 겨루는 우리 선수들과의 경쟁이라고 할 수 있다. 1년의 경기 중 시합 끝나고 손바닥이 제일 아픈 날이 바로 개막전 날이다. 나도 모르게 주먹을 꽉 쥐고, 박수를 치고, 선수들과 하이파이브를 하니 시합이 끝나면 손바닥이 빨갛게 부어올라 있다. 어떤 때는 너무 긴장이 되어서 무릎이 덜덜 떨렸다. 이기고 나면 그제야 안도의 한숨이 나온다.

결과를 내면 자연히 돈이 따라오니 선수들도 리더를 따르게 된다. 그때부터는 리더를 신뢰한다. 존경은 모든 것을 마치고 헤어진 다음, 세월이 지난 후에야 받는 것이지, 선수들을 키우고 돈을 벌어줘야 할 시점은 그런 걸 받을 때가 아니다. 진정한 리더는 현역 때 존경을 받지 않는다.

단 하나의 순간이라도
놓쳐서는 안 된다

애초에 존경받아야겠다는 생각을 할 필요도, 깨끗한 야구라는 것도 없다. 어차피 야구란 룰 안에서 움직인다. 룰 바깥의 일을 하면 실격이니 당연히 이기지 못한다. 룰 안에서 하는 일이라면 옳고 그름도, 좋고 나쁨도 없는 법이다. 오직 성공하는가와 실패하는가만 있다. 비즈니스의 세계도 그렇다.

그렇다면 룰 안에서라면 어떻게든 이기기 위한 수단과 방법을 찾는 게 리더가 해야 할 일이고 사명 아닌가. 모양새

좋게 이기는 것은 누구나 하고 싶어 한다. 그러나 그렇게 해서 세상에서 살아남을 수 있을까?

　　나는 상대 팀과의 점수 차가 크게 벌어져서 점수가 7 대 0, 8 대 0이 되어도 경기를 느슨하게 하지 않았다. 끝날 때까지 최선을 다해 승부했다. 그러니 존경은 당연히 나와 거리가 먼 말이었다. 그걸 보고 지독하다느니, 김성근은 이기는 것밖에 모르는 독종이라느니 하는 비난만 따라다녔다.

　　그러나 승부에 최선을 다하는 것은 당연하다. 이기고 있다고 해서 끝까지 이긴다는 보장이 있나? 어떻게든 이겨야 한다. 점수 차가 벌어졌다면 그 점수 차를 그대로 유지하고 이겨야 한다. 그래야 거기서 모티베이션motivation이 살아나고 팀이 앞으로 나아간다. 점수 차가 컸다가 뒤집히면 후유증이 사흘, 나흘은 물론이고 잘못하면 한 달은 간다. 그러면 어느새 그 시즌이 끝나버리고 만다. 감독의 안이함 하나 때문에 한 경기가 아니라 그 팀의 1년 전체를 놓칠 수도 있다는 것이다. 내가 매 경기 악착같이 이기려고 매달렸던 이유다.

　　만약 이긴다고 해도 7 대 0으로 이길 수 있는 경기를 7 대 5로 이기면 그것 역시 손해다. 5점을 주는 과정에서 투수를 더 쓰지 않는가. 한 명 한 명의 투수에게 데미지가 쌓이는 건 물론이고 안 써도 될 투수를 쓰면서 투수진 전체에 타격이 생긴다. 그걸 모르니까 사람들은 시합 하나하나에 매달리는 걸 보며 지독하다느니, 도의가 없다느니 비난하는 것이다.

이길 수 있다면 무엇이든 하는 게 맞다. 오늘 장사가 잘된다고 해서 내일도 잘되리라는 보장은 없다. 내일은 돈이 안 벌릴 수도 있으니 오늘 바짓가랑이를 붙들고 늘어져서라도 필사적으로 베스트를 해야 한다. 그래서 나는 순간순간 최선을 다했고, 지금도 마찬가지다. 매일 마주하는 고민, 훈련, 시합…… 모든 게 다 붙잡아야 할 순간이다.

돈이 있어야 행복하지, 돈 없는 가정이 행복할 수 있나?

회사가 돈을 벌어야
직원들에게 보너스가 들어오고 연봉이 올라간다.
지는 사람에게는 돈이 오지 않는다.
그러니 리더는 결과를 내기 위해
기꺼이 목숨이라도 걸어야 하는 것이다.

감독은
할아버지가 되면 안 된다

정은 깊기에 더 멀리해야 하는 것

"약해지지 말라고, 리더가 그래서는 안 된다고 스스로를
꾸짖었다. 누군가를 키우려면 불쌍하다는 생각은 없어야 한다.

야구는 산을 오르는 것과 같다. 등산로에 들어서자마자
얼마 안 가 정상이 나오는 산은 없듯이, 야구에서도 어떤 경
지에 오르려면 숨이 찰 만큼 노력하고 또 노력해야 한다. 그
뿐인가. 오르다가 미끄러지기도 하고 갑자기 막힌 길이 나와
어떻게 하면 이 길을 뚫고 올라갈 수 있나, 한동안 고민해야
할 때도 있다. 누구나 정상에 오르려면 그런 과정을 거쳐야
한다. 비단 야구뿐만이 아니라 모든 일이 그렇다.

리더는 아랫사람들도 자신의 뒤를 따라 잘 올라올 수 있도록 앞에서 끌어주고, 때론 뒤에서 밀어주고, 어떻게 해야 잘 갈 수 있는지를 알려줘야 한다. 주저앉으면 꾸짖어서라도 일으켜 세워 끝끝내 정상까지 오르도록 돕는 게 리더다. 아랫사람이 아무리 힘들어하더라도 봐주거나 눈감아줘서는 안 된다. 그렇기에 리더는 아랫사람과의 사적인 정이 깊어지지 않도록 경계해야 한다.

나는 사실 정이 많은 사람이다. 겉으로는 냉정해 보여도 속은 그렇지 못하다. 감독을 하면서 부족한 점 하나를 꼽자면 정이 많은 내 기질이었다. 프로 감독 시절에 일부러 선수들이나 코치들과 밥을 먹지 않은 것도 그런 이유에서였다. 선수들을 성장시키려면 아프다고 하든, 힘들다고 하든 거기에 흔들리지 않고 훈련을 시켜야 하는데 정이 생기면 불쌍하다는 마음이 생기기 때문이었다. 마음이 약해지고 훈련이 느슨해질까 봐 선수들과 정이 깊어지지 않도록 조심했다.

부모의 마음이 약해지고 흔들리면 자식은 결코 성장할 수 없다. 오냐오냐 하면 그 순간이야 좋을지 몰라도 멀리 보면 지도자가 선수들의 미래를 죽이는 것과 같다.

물론 너무 가혹하게 시킨 날은 덜컥 걱정이 되기도 했다.

부모의 마음이 약해지고 흔들리면

자식은 결코 성장할 수 없다.

훈련을 마치고 숙소에 들어와 누웠는데 갑자기 '오늘은 너무 심하게 시켰나, 이러다가 선수들이 다치기라도 하면 어쩌나……' 하는 생각이 드는 것이다. 그럴 때마다 꾹 참았다. 약해지지 말라고, 리더가 그래서는 안 된다고 스스로를 꾸짖었다. 누군가를 키우려면 불쌍하다는 생각은 없어야 한다. 그렇게 되뇌며 스스로를 다그치고 또 다그쳤다.

결국 가장 중요한 것은
사람이기에

나의 야구에서 가장 중요한 것은 바로 '그 사람'이다. 그냥 어디에나 있는 개성 없는 아무개가 아니라 내 앞에 있는 선수 하나하나, '그 사람' 말이다. 내게는 선수들 하나하나가 다 소중한 자식이었다.

야구장에 50명이 있으면 나는 그 선수들 전부에게 똑같은 마음을 갖고 있었다. 사실 프로의 관점에서 보면 원리원칙상 버리는 건 버리고 시작해야 한다. 잘하는 선수를 선별해 강한 팀을 만들고, 그 선별된 선수들을 영재급으로 성장시켜야 하는 게 조직의 입장에서 보면 효율적인 육성이다. 냉정할지는 몰라도 프로의 세계에서는 그게 맞는 말이다. 그런데 나는 그렇게 하지 못했다.

어렸을 때 내가 가난하고 힘들게 야구를 한 탓인지 부족한 선수나 못하는 선수들에게 계속 마음이 갔다. 선수 모두가 내 자식이었고 그 선수들 모두의 부모가 나였다. 다 자식이니 차마 버릴 수 없었다. 조금 모자라고 떨어진다 해서 자식을 버릴 부모가 어디 있겠는가. 그래서 더 엄격하게 대하고 가혹하게 연습시켰던 것 같다.

워낙 훈련이 힘드니 선수들도 내 앞에서야 티를 안 내도 마음속으로 반감을 품었을 것이다. 왜 이렇게 연습을 많이 시키냐거나, 이 연습이 꼭 필요하냐거나 하는 불만이 없었을 리 없다. 그래도 훈련은 시켜야 한다. 선수들을 키우는 게 내 역할이니 불만이 많든 힘들어하든 넘어지면 일으켜 세우고, 또 일으켜 세웠다.

선수를 강하게 만들려면 잘했다거나 고생했다, 미안하다 이런 말을 하면 안 되니 꾹 참았다. 칭찬에도 인색했다. 선수는 물론 코치들과도 사적으로 식사를 하거나 차 마시는 걸 자제했기에 속에 있는 말을 다 할 데가 없으니 속이 쓰라릴 때도 있었다. 혹시나 팀에 파벌이 생길까 하는 두려움에서였다. 파벌이 생기면 실력이 아니라 사사로운 감정이 우선시되니 코치들, 선수들을 가까이 하지 않는 게 내 철칙이었다. 언제나 거리를 뒀고 원정에 갈 때 비행기도 같이 안 탔다. 어찌보면 리더는 어느 정도 신비스러움 속에 있어야 한다고 본다. 가깝게 지내면 서로 용납하는 게 많아진다.

그래서 나는 선수들에게 할아버지가 아니라 아버지였던 것 같다. 산을 오르다 넘어지고 헐떡이면 괜찮다고, 지금까지도 잘했다고 토닥여주는 게 아니라 얼른 일어나라고 꾸짖는 게 아버지다. 할아버지는 정에 약해서 손주가 어리광을 부리면 허허 웃고, 넘어지면 얼른 손을 잡아 일으켜주지만 아버지는 넘어진 자식이 혼자 힘으로도 일어설 수 있도록 지켜만보고 있어야 한다. 마음은 아파도 그렇게 해야 자식이 스스로의 힘으로 일어날 수 있다. 아버지가 없어도 저 혼자 살아갈 수 있게 키워줘야 한다. 그래서 나는 평생 엄한 아버지이기만 했던 것 같다.

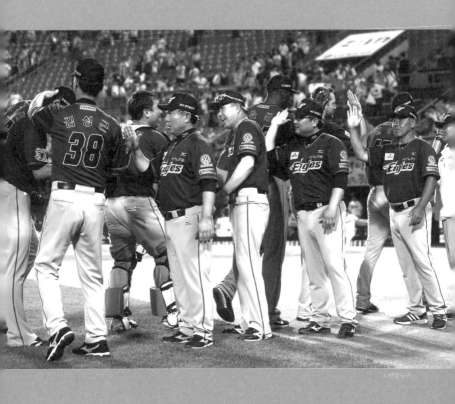

6장

자타동일

'나'가 아닌 '팀' 속에서 플레이하라

이대호, 양준혁, 최정보다
팀워크가 먼저다

톱클래스 선수를 선발에서 제외한 의도

"폭포처럼 망설임 없이 자기를 던지는 것,
리더라면 응당 그래야 한다. 나는 폭포처럼 살았다."

2023년 최강야구 개막전 때 선수들에게 큰 쇼크를 준 사건이 있었다. 이대호를 스타팅 멤버에서 뺀 것이다. 관중, 선수, 이대호 자신에게도 충격이었을 것이다. 이대호 같은 국가대표급 선수를 선발에서 빼리라고는 아무도 예상을 못했을 테니. 그것은 조직을 만들기 위한 일종의 시작점이었다. 내 결정에 박수를 보내는 사람들도 있었다.

그런데 사실 그런 일로 박수를 친다는 것 자체가 지금

이 사회에 어떤 점이 부족한지를 보여주는 게 아닌가 싶다. 사람을 잘 바꾸지 못한다는 것이다. 야구뿐만이 아니라 사회에 있는 모든 조직의 공통된 문제다. 어느 조직이든 간에 윗사람들이 과감한 결단을 하지 못하고 있다.

리더는 조직을 살리고 사람을 살려야 하는 사람이다. 그러려면 희생이 필요하다. 조직의 분위기를 위해서라면 얼마나 뛰어난 인재가 있든 간에 과감한 결정을 할 줄 알아야 한다는 이야기다. 이대호는 개인 스케줄이 많아 훈련에 많이 참가하지 못했고, 몸 상태가 어떤지 내가 자세히 보지도 못했다. 그러니 내가 훈련을 지켜보며 컨디션도, 수준도 이미 확인한 선수를 스타팅으로 내보내는 게 맞지 않겠는가. 그렇게 이대호를 뺌으로써 다른 선수들에게도, 조직 전체에게도 충격이 온다. 나에게도 기회가 올 수 있다는 확신, 또는 그와 반대로 해이하게 해서는 안 된다는 의식이 생긴다. 그게 조직을 혁신하는 시작점이다. 성장하는 조직은 그렇게 움직인다.

나는 어딜 가든 개개인의 실력이 어떤지보다는 '팀을 얼마나 살릴 수 있는가'를 생각했다. 나 역시 여러 팀의 감독을 하며 톱클래스 선수를 많이 만났다. 양준혁, 이병규, 김광현…… 다 겪었다. 그래도 그 선수들이 조직의 분위기를 흐리는 행동을 하면 나는 "너, 뭐야 아까 그 태도는. 그럴 거면 집에 가라" 하며 서슴없이 부딪쳤다. 당시 SK 간판 타자였던 최정에게도 그랬다. 투수들을 훈련시키고 있는데 어디서 시끄러운 소리가 들리는 것이다. 최정은 욕심이 많아서 자기 야구가 생각대로 안 되면 그걸 어마어마하게 안타까워하는데, 연습이 잘 안 돼서 꽥꽥 소리를 지르며 그 안타까움을 표출하고 있었다.

"지금 누가 소리 지르는 거냐?"

"최정입니다."

"집에 가라고 해!"

자기 마음이 힘들건 어떻건 밖으로 표출하며 팀의 분위기를 저해해서는 안 된다. 그게 내 철칙이었고, 아무리 실력이 좋은 선수라도 예외가 아니었다. 그렇게 시합을 하기도 전에 팀의 4번 타자를 집에 보내버렸다.

물론 그날 경기만 보면 필요할 때 쳐줄 4번 타자가 갑자기 사라져버린 것이니 당장은 손실일 수 있다. 그러나 조직의 차원에서 멀리 보면 사실 이득이다. 선수들도 '아, 이러면 안 되는구나' 하면서 조직에 맞춰서 의식을 바꿔갈 수 있다. 리더가 그런 결단을 어렵게 생각하면 개개인 하나하나의 힘이 커지고 조직은 와해된다. 조그만 부분이 결국 큰 부분을 움직이는 법이다. 그래서 리더는 하나라도 놓치지 않고 팀원들이 어떤지, 그들이 어떤 행동을 하고 조직에 어떤 영향을 미치는지 살펴야 하는 것이다.

누군가 조직을 해치는 행동을 하고 있다면 리더는 과감하게 쳐내야 한다. 실력이 모자라다고 해서 사람을 버리면 안 되지만, 조직을 해치고 있다면 조금 냉정해 보일지라도 버리는 것조차 선택해야 하는 것이다. 그게 되는 팀은 강하다. 그러다 보면 어느새 조직은 하나가 된다.

강한 선수라고 해서 무슨 짓을 하든 놔두면 조직은 언제 무너져도 무너지게 되어 있다. 그런데 지금 우리나라에서 제일 못하고 있는 것이 이런 결단이다. 결단을 못 내린다는 것은 곧 자기가 책임지지 않으려고 한다는 뜻이다. 그게 지금 사회의 현실이다. 그러다 보면 조직이 아니라 한 사람 한 사람의 목소리가 커지며 조직이 하나로 모이지 않게 되고 나중에는 걷잡을 수 없을 만큼 각자 따로 놀게 된다.

신진대사가 거듭될수록
새로워지고 강해진다

조직에는 신진대사가 필요하다. 분위기를 흐리는 사람이 있다면 쇄신하고, 어느 포지션이 빈다면 새로 채우고, 또 넘치는 포지션이 있다면 어떻게 정돈해야 할지 고민해서 새롭게 바꾸며 살아 움직이듯 만들어가야 하는 게 조직이다. 모든 게 계속 새로워져야 한다.

새로워진다는 건 갖고 있다는 걸 버리는 행위다. 즉 필요한 순간에 버리는 용기가 있어야 조직을 살릴 수 있고, 그게 되는 것이 진정한 리더다. 그러나 버려야 할 순간에 리더가 자기 미래나 생각하고 있으니 아무것도 버리지 못하고 결단을 망설이는 것이다.

심지어 요즘 사회는 뭘 하든 뒤에서 돈이 오가고, 연줄이나 파벌에 구애를 받는다. 조직에서 누굴 자르려고 해도 '이 사람이 어떤 연줄이 있는데', '아무개와 같은 파벌인데' 하며 망설인다. 조직이 어떻게 될지에 대한 의식은 너무도 옅다. 기업도, 정치가들도 그렇다. 국민들만 고생이다.

소프트뱅크에 가보니 그곳도 크게 다르지 않았다. 자기

필요한 순간에 버리는 용기가 있어야

조직을 살릴 수 있고, 그게 되는 것이 진정한 리더다.

팀이 어때 보이느냐는 GMgeneral manager에게 나는 이렇게 대답했다.

"껍데기는 좋은데 안을 보니 엉망이네요. 조직에 제일 중요한 게 인사입니다."

아마 소프트뱅크 사람들에게는 내 대답이 굉장한 쇼크였을 것이다. 인사는 조직의 기본이어서 모든 조직은 인사가 똑바로 되어 있어야 살아남는다. 그럼 인사란 무엇이냐? 연줄이니, 인맥이니 하는 건 따지지 않고 그저 각각의 포지션에 필요한 사람, 이 포인트는 김 아무개가 잘하니 그에게 맡기고, 저 포인트는 박 아무개가 잘하니 그에게 맡기겠다는 생각을 명확히 갖고 인력을 배치하는 것이다. 소프트뱅크에는 그게 제대로 안 되어 있었다.

세상에 맞추지 않고 조직의 룰에 맞추는 인사를 해야 한다. 그래야 조직이 살고 팀원들도 사는데, 세상과 부딪히는 게 겁나니까 리더들이 쉽게 움직이지 못하고 조직에 있어서는 안 될 사람을 버리지 못한다. 결단을 망설인다. 결단하지 못하고 고민만 하면 그 문제는 점점 커져서 결국은 골칫덩어리가 되고 만다.

나는 리더라면 자기만 살려고 하면 안 된다고 본다. 그래서 고독 속에 사는 게 리더인 것이다. 자기가 살려는 의식은 하나도 없이 오직 조직의 미래만 보고 스스로를 던져서라도 희생해야 한다. 그런데 다들 자기 목숨부터 부지하려고 하니 인사도 안 되고 조직도 죽어버린다. 그것은 리더가 아니다. 떨어질 자리가 어디든 폭포처럼 망설임 없이 자기를 던지는 것, 리더라면 응당 그래야 한다. 나는 폭포처럼 살았다.

적재적소란 것에
나이 제한은 없다

리빌딩이란 무엇인가

"컵에 물을 계속 부으면 어느 순간부터 원래 담겨 있던 물이
자연스럽게 빠져나온다. 이런 것이 세대교체다."

　　가끔 뉴스를 보면 어떤 회사에서 몇 살 이상은 전부 일
괄 퇴직을 시켰다느니 하는 이야기가 나온다. 소위 '세대교체'
라는 것이다. 우리나라는 모든 분야에서 그러한데, 경험이라
는 걸 완전히 무시하고 있지 않나 싶다. 젊은 게 다라고 생각
하며 베테랑을 괄시한다.
　　야구단도 그렇다. 더 이상 쓸데가 없다거나 젊은 아이들
에게 자리를 양보해 줘야 한다는 이유로 베테랑들을 방출시

킨다. 그런 꼴을 보자면 대체 무슨 짓인가 싶다. 나이를 먹어도 능력이 있으면 계속하는 것이고 능력이 없으면 떨어져 나가는 것이지, 나이를 먹었다 해서 자리에서 물러나거나 그만둘 이유는 없다.

나이를 먹고 노쇠했다고 해서 아예 쓸데가 없다는 건 틀린 말이다. 조직의 이야기라면 더욱 그렇다. 능력이 30%인 선수는 30%를 내게 하고, 20%인 선수는 20%를 내게 하는 게 베스트다. 나이를 먹고 경험이 있기에 알맞은 위치가 분명히 있다. 그것이 적재적소다. 각자가 알맞은 위치에서 능력을 발휘할 수 있게 만들어주는 것도 리더가 해야 할 역할이다. 그러니 능력이 30%밖에 남지 않은 선수를 100%가 안 된다고 해서 버리면 그것이 조직인가. 떨어지는 석양의 순간을 어떻게 살리느냐, 그리고 그 베테랑들이 얼마나 조직에 활력소를 주고 그 안에서 빛나게 해주느냐는 전부 리더의 역량에 달려 있다. 적재적소란 것에 나이의 제한은 없다.

가득염은 1969년생으로, 2007년 SK에 왔을 때 말 그대로 내일모레 마흔인 선수였다. 보통 야구선수들은 40대 초

중반에 은퇴를 하는데 투수들은 은퇴 시점이 더 빨라서 30대 중후반만 돼도 선수 생활을 접는 선수도 많다. 가득염도 2006년 시즌을 끝내고 원래 소속되어 있었던 구단에서 선수가 아니라 코치직을 제안받으며 은퇴의 갈림길에 놓였었다. 가득염은 진지하게 은퇴를 고민했지만 나와 함께 야구를 더 해보자고 설득했다. 그렇게 SK로 데려와 4년이나 더 현역 생활을 이어갔다. 가득염 같은 베테랑이라면 분명 적재적소가 있을 것이었다.

경력이 많으니 위기에도 떨지 않고 대범하게 자기 볼을 던질 줄 알았고, 경기 운용도 노련했다. 시즌 내내 가득염은 자기 역할을 다해줬고, 한국시리즈 때도 여섯 경기 내내 출장하며 충분히 제 역할을 했다. '적재적소'를 찾은 것이다. 베테랑이란 것은 조직에 꼭 필요해지는 시기가 있다. 그걸 얼마나 유효하게 쓰는지가 문제다. 베테랑이 가진 1%의 가능성이 조직을 살리느냐, 살리지 못하느냐의 분수령이 되기도 한다.

오더를 고정시키는 팀은 더 이상 발전이 없다. 각 상황에 따라 적합한 인재를 필요한 곳에 아기자기하게 배치할 수 있어야 한다. 사람을 각자 적재적소 알맞은 자리에 배치했을 때 나오는 전력이 바로 '팀'의 힘이다. 각자에게 맞는 자리가

나이를 먹어도 능력이 있으면 계속하는 것이고
능력이 없으면 떨어져 나가는 것이지,
나이를 먹었다 해서 자리에서 물러나거나
그만둘 이유가 없다.

있으니 조직 생활이라는 것도 존재한다.

나이나 세대에 좌우되지 않고
의식을 키워가는 것의 중요성

맥주를 따를 때도 살살 따라야 거품이 안 나지, 급하게 따르면 컵에 남는 거라곤 죄다 거품이듯이 갑자기 조직을 젊은 사람으로 다 바꾼다 해서 조직이 강해지지는 않는다. 애초에 억지로 나이만 어린 사람을 갖다 놓는다고 해서 그걸 세대교체라고 말할 수도 없다.

컵에 물을 넣는 걸 생각하면 쉽다. 컵에 물을 계속 부으면 어느 순간부터 원래 담겨 있던 물이 자연스럽게 빠져나온다. 이런 것이 세대교체다. 컵에 있는 물을 전부 비우고 새로 넣는 게 아니다. 얼핏 똑같아 보일지 모르겠지만, 그런 방식으로 성공하는 곳은 단언컨대 없다. 모든 게 자연의 원리 속에 있어야 한다. 세상일은 원래 헌 것 속에 새로움이 있고 새로움 속에 헌 것이 있는 법이다.

물론 어느 조직이든 리빌딩rebuilding이 필요할 때는 온다.

그러나 나이를 먹었다고 무조건 나가라고 해서는 안 된다. 그보다 중요한 것은 성장하려는 의식이 있는가의 여부다. 리빌딩은 의식 없는 사람을 의식도 있고 성장할 수 있는 사람으로 교체하는 것이지, 그저 젊은 사람으로만 채우는 게 아니다. 어리다고 해도 제대로 된 의식이 없다면 쓸모가 없다. 앞으로 나아가려는 의식을 갖고 스스로를 단련시키며 '이 방법은 된다', '이 방법은 아니다', '이번에도 틀렸다면 다르게 해보자' 하며 문제에 부딪힐 때마다 해결책을 찾고 발전해 나가는 사람만이 살아남을 수 있다.

반대로 나이를 먹은 사람도, 나이를 먹은 만큼 떨어져 나가지 않으려고 노력을 해야 한다. 그러지 않은 사람은 베테랑이라 해도 쓸모가 없다. 죽을 때까지 성장해야 한다. 결국 인생이란 나이와 상관없이 움직이는 것이다. 몇 살을 먹었든 몸이 어떻든 자기의 베스트를 다하는 것. 세상살이에 중요한 건 그뿐이다.

우리 팀에
팔방미인은 필요 없다
부딪히고 갈등하는 틈에서 나오는 아이디어

"이기는 건 집념이 강한 사람이지,
착한 사람이 아니다."

　　일본에 재미있는 CF가 하나 있다. 상사와 부하 직원이
택시에서 내린 후에 영수증을 깜빡한 것을 알아차린다. 둘이
그 이야기를 하는 사이 택시가 그냥 출발해 버리자 상사는
택시를 마구 뛰어 쫓아간다. 그런데 직원은 상사가 뛰는데도
따라 뛰지 않고 오히려 왜 그렇게 뛰느냐며 상사를 나무라는
것이다. 상사가 그러면 어떻게 하냐고 묻자 직원은 새로운 안
을 내놓는다. 언제든 영수증을 뽑을 수 있는 휴대폰 택시 앱

이다. 그러자 상사가 "이것 좋네" 하고 만족스러워하며 CF는 끝난다. 타협 없는 격론에서 새로운 아이디어가 탄생하는 모습이었다. 올바른 조직의 모습이다 싶었다.

대부분의 조직들은 무언가를 결정하기 전에 여럿이 한데 모여 미팅을 한다. 야구도 그렇다. 수석코치, 타격코치, 투수코치 등 각 파트의 코치는 물론이고 전력분석팀이나 트레이너들까지 모두 모여 이야기를 나눈다. 선수들 중 누구는 어떻네, 상대팀은 어떻네 각자 이야기한다. 새로운 아이디어를 내기 위해서다. 타협하기 위해서 하는 것이 아니다.

나도 내 의견을 피력하되 코치들의 이야기도 듣는다. 내 아이디어보다 괜찮은 의견을 내는 코치가 있다면 '이야, 일리 있는 말이구나' 싶어 적용해 본다. 즉 미팅은 리더의 의견만을 관철시키기 위해 모두가 모이는 게 아니다. 설사 상대가 리더라도 틀렸다면 틀렸다고 말할 수 있어야 한다.

그런데 세상은 자꾸만 타협을 하려 한다. 많은 사람이 본심 없이, 계획 없이 자기 뜻을 굽혀 상대방에게 맞춘다. 그러나 그렇게 해서 어떻게 새로운 아이디어가 나오고 문제가 해결이 될까?

리더의 말을 듣고 곧이곧대로 고분고분 따를 거라면 굳이 여덟, 아홉 명씩 모여서 시간을 허비할 필요가 없다. 미팅을 하는 이유는 각자가 가진 관점과 겪은 프로세스가 다르기 때문이다. 격론을 통해 더 좋은 아이디어를 생각해 내고 그로써 강한 조직을 만들기 위해 머리를 맞대는 것이다. 이를테면 과자 봉지가 하나 있다고 해보자. 앞에서 보는 모양과 뒤에서 보는 모양, 옆에서 보는 모양이 전부 다를 것이다. 과자 봉지를 여는 법도 제각기 다르다. 그렇기에 모여서 의견을 나누는 것인데 단지 리더가 하는 말이라고 해서 따르기만 한다면 그 과정이 왜 필요하겠는가.

"감독님은 이 방법을 썼을 때 성공했다고 하셨지만 저는 실패했습니다", "저는 그 방법을 썼을 때 오히려 더 잘되었습니다" 하고 각자의 이야기를 해야 한다. 그리고 좋은 의견이 나온다면 리더는 그래, 그럼 그렇게 해보자 하고 받아들이면 된다. 그게 조직을 강하게 만드는 길이다.

그런데 자기 이야기는 하지 않고 남의 말에 맞추기만 하는 사람이 많다. 반대하고 싶어도 그냥 가만히 있고, 자기 뜻과 달라도 윗사람이 하는 말이라면 무조건 "맞습니다", "그렇게 하시죠" 하고 따른다. 그런 모습을 보면 답답하다. 윗사람이 하는 말이라고 해서 다 맞는 말은 아니다. 아무리 베테랑이나 고수라고 해도 틀릴 수 있고 반대로 초보자라도 맞을 수 있다. 누구의 말이 맞는지는 부딪혀보기 전에는 모른다. 답은 사람이 부딪쳐야 나오는 법이다.

타협 없는 거센 격론이 조직을 뒷받침한다

자기 뜻이 없는 사람들은 상대방이 무슨 말을 하든 "그래요, 그래요" 하며 맞춰준다. 어딜 갖다놔도 거기에 잘 스며들고, 누구하고든 의견을 부딪히지 않고 잘 어울리는 사람들이다. 말하자면 팔방미인이다. 그런 사람들은 언뜻 무난하고 평탄해 보이니 어느 조직에나 좋은 팔방미인으로 생각되기 쉽지만 나는 틀렸다고 본다. 팔방미인은 반대로 어디에도 써먹지 못한다.

팔방미인이란 세상에 다 맞추는 사람이다. 그러면 여차하면 자기 생각이 금방 꺾여버린다. 그렇게 살아서는 자기 스스로도, 조직도 발전이 없다. 세상에 맞추는 걸 배려심이라고 말하는 사람도 있지만 내가 보기에 그것은 타협이다. 타협이란 스스로의 생각을 포기해 버리는 것과 다름없다. 상대방에게 무조건 맞추고 타협한다는 것은 사실 자기 속에 아무 뜻도 없다는 뜻이다. 여럿이 모여서 이야기하는 자리라면 반대의견도 나와야 하고, 거부 반응도 나와야 한다. "그럼 어떻게 해야 하나?", "이게 맞다", "아니다, 저게 맞다" 하며 격론을 주고받는 과정에서 진정한 아이디어가 나오는데 다들 진심을 말하면 목숨이 위험할지도 모른다고 겁먹어서는 가만히 있는다. 아니, 가끔은 속에 품은 뜻이 있기는 한 건가 답답해질 때가 많다.

다행히 요새 젊은 사람들은 자기들 생각에 아닌 건 아니라고 확실히 의견을 말하고, 그것 때문에 고민하는 상사들도 많다고 하는 걸 보면 세상이 그래도 많이 바뀐 것 같다. 그럼에도 윗사람이 무슨 말만 하면 "회장님이 하신 말이 맞습니다", "사장님 말씀이 다 맞습니다" 하며 아부하는 부류는 여전히 어디에나 있다. 그것은 필요 없는 타협이다. 자기 혼자 살려고 타협하는 것이다.

나무에 비유하자면 팔방미인은 작은 나무다. 작은 나무들은 보통 가지도 많고 잎사귀가 많다. 그래서 예쁘긴 하지만 보기만 좋을 뿐 써먹을 데가 없다. 기껏해야 크리스마스트리나 될까.

그에 비해 키가 큰 나무는 가지는 별로 없이 기둥 하나만 올곧이 뻗어 올라간다. 그런 나무들은 목재가 되고 종이가 된다. 어디서든 써먹을 수 있는 강한 나무들이다. 예쁜 것과 강한 것은 다르다.

강해야 어디든 써먹을 수 있다. 사람은 써먹을 수 있는 사람이 되어야 한다. 팔방미인들은 곧잘 "당신은 참 좋은 사람이군요"라는 말을 듣지만 정작 일할 사람이 필요할 때는 부름을 받지 못한다. 쓸데가 없으니까 그렇다. 자기 뜻이 없어서다. 매번 "예, 맞습니다, 맞습니다" 하는 사람은 강한 게 아니라 착한 것이다. 그러나 이기는 건 집념이 강한 사람이지, 착한 사람이 아니다.

세상은 자꾸만 타협을 하려 한다.
많은 사람이 본심 없이, 계획 없이 자기 뜻을 굽혀
상대방에게 맞춘다.

그러나 그렇게 해서
어떻게 새로운 아이디어가 나오고 문제가 해결이 될까?

오대산 극기 훈련에서
태평양이 배운 것들

'우리'보다 '나'가 먼저라면 절대 장수할 수 없다

"자기를 버리고 조직 속에서, 조직에 플러스가 되는 일만
생각하며 가다 보면 결국은 자기에게도 플러스가 되기 마련이다."

    태평양 감독 시절, 선임되어 맨 처음 팀을 만나고 든 생
각은 '이 팀은 조직이 아니다'라는 것이었다. 다른 구단에서
수혈된 선수들이 많았던 탓에 선수들은 전부 자기밖에 몰랐
고 팀의 승리가 아니라 자기 성적에만 급급했다. 모래알도 그
런 모래알이 없었다. 고심 끝에 내가 정한 행선지는 산이었다.
일종의 극기 훈련을 하러 간 것이다.

    "일주일 동안 오대산에서 훈련할 거다. 밥도 직접 해 먹

고 산에서 잠도 잘 거야. 준비들 단단히 해와."

한겨울에 산을 올라간다는 말에 나를 보고 다들 미쳤다고들 했다. 구단 역시 정식 캠프가 아니라는 이유로 아무것도 지원해 주지 않았다. 그러든 말든 식기며 쌀, 반찬 같은 것들을 각자 가져오라고 해서 짊어지고 산을 올랐다. 그게 1989년 1월, 매서운 겨울이었다.

오대산에 올라가기 시작한 시간이 아마 오후 다섯 시쯤이었을 것이다. 겨울이라 금방 해가 떨어지니 거의 야간 산행이었다. 올라가면서 먹으려고 사과와 땅콩을 간식으로 가져갔는데, 사과는 얼어버리는 바람에 입도 못 대고 땅콩만 먹었다. 챙겨 간 음료수 역시 꽝꽝 얼어서 전혀 마시지 못했다. 길도 험했다. 아니, 다리가 푹푹 빠질 정도로 눈이 온 탓에 길이랄 게 없었다. 심지어 눈이 가슴 높이까지 쌓인 곳도 있었다. 혹독하리만치 추웠고 온통 어둠속이었다. 무리에서 떨어져 나가면 누구든 곧바로 죽는 것이다.

그렇게 산에 올라가서 같이 밥을 해 먹고, 산을 따라 달리고, 그런 다음에는 또 밥을 해 먹고 양말을 벗은 채 맨발로 구보를 했다. 내친 김에 꽝꽝 언 개울을 깨고 입수도 해봤다. 물속으로 들어가라는 말에 처음에는 선수들도 뜨악했지만 오기가 생겼는지 냅다 하나둘씩 들어갔다.

태평양이 이상한 훈련을 한다는 소문이 도니 기자들이 몰려왔다. 일본 NHK도 보러 왔고, KBS에서는 하일성이 취재를 와서는 찬물 속에서 누가 더 오래 버티나 겨뤄보자고 하기에 내기도 했다. 내가 이겼다.

함께 눈길을 헤치며 걸었고 어두운 밤에 짐승 소리도 함께 들었다. 그러고서 함께 돌아왔다. 그 훈련으로 얻은 것은 실력도, 더 단단해진 몸도 아니었다. '한 팀'이라는 의식이었다.

각자 김치, 쌀, 반찬 같은 것들을 가져오라고 해서 선수들을 하나의 조그만 팀으로 만들었더니 그걸 이고 지고 올라가며 서로 떨어지지 않으려고 딱 붙어 걷고 뛰면서 조그만 팀이 하나가 되었다. 그리고 그 조그만 팀들이 하나하나 모이면서 드디어 자기들끼리 다 같이 한 팀이라는 의식이 생긴 것이다. 오대산에서 내려와서 선수들의 얼굴을 본 순간 이제야 뭘 좀 할 수 있겠구나 싶었다. 그런 과정이 있었기에 태평양은 꼴찌에서 3등까지 오르며 플레이오프까지 진출할 수 있었다.

오대산에 갔다 오고서 팀이 정말 180도 바뀌었다. 바뀌었다는 게 가장 눈에 보이는 시점은 바로 힘들 때였다. 훈련이 너무 고되어서 다들 힘들어하고 있으면 누군가가 "야, 오대산 때를 생각해라! 이게 뭐가 힘드냐!"라며 소리를 높였다. 오대산 극기 훈련도 해냈는데 이 훈련이 뭐 그리 별것이냐며 하나로 똘똘 뭉쳐 서로를 격려했다. '오대산'이라는 말이 힘들 때 외치는 일종의 구호가 된 것이다. 만약 그때 오대산 훈련이 없었더라면 태평양은 아마 제대로 된 한 팀으로 거듭나지 못했을 것이다.

야구는 단체 운동이다. 각자의 위치에서 잘하되 조직의 목표를 위해 모두 함께 노력해야 한다. 이는 일반 기업도 다르지 않을 것이다. 그래서인지 한참 강연을 다니던 시절에는 기업에서 불러준 적도 많았다. 나를 통해 조직은 하나로 되어야 강해진다는 메시지를 전하고 싶었던 게 아닌가 싶다.

이기심을 털어내고
동료의 실수에 공감하고

그래서 내가 팀에 가면 선수들에게 꼭 가르치는 말 중

그 훈련으로 얻은 것은 실력도,

더 단단해진 몸도 아니었다.

'한 팀'이라는 의식이었다.

하나가 '자타동일自他同一'이다. 팀이라면 슬플 때 같이 슬퍼하고, 실수했을 때 팀을 위해 이야기할 수 있어야 한다는 뜻이다. '나'라는 속에서만 홀로 플레이하는 게 아니라 팀 속에서 플레이를 해야 한다. 개인이 아닌 전체가 한마음 한뜻이 될 때 조직은 비로소 살아난다.

조직의 일원이라면 '나'가 아닌 '우리'라는 개념을 가져야 한다. 다른 사람에게 피해를 주지 말고, 최소한 자기가 남에게 피해를 줬을 때 미안해할 줄 알아야 한다. 그게 팀워크 좋은 조직이다. 팀워크가 중요하다면 흔히 화목한 조직을 만들어야 한다는 말로 이해하기 쉽지만 그 뜻이 아니다.

진정한 팀워크는 하나의 목적을 향해 함께 달려가는 것이고, 그걸 똑바로 인식하고 있는 조직이야말로 '팀워크가 좋다'라고 말할 수 있다. 그래야 서로의 잘못에 더 미안해하고 더 잘하게 된다.

조직에 있다 보면 '이 선택을 했을 때 나는 손해가 아닌가?' 싶을 때도 생길 것이다. 그러나 지금 당장 내게 손해라도 조직에 도움이 되는 일이라면 그 길로 가야 한다. 자기를 버리고 조직 속에서, 조직에 플러스가 되는 일만 생각하며 가다 보면 결국은 자기에게도 플러스가 되기 마련이다. 아프리카 속담에 "빨리 가고 싶으면 혼자 가고, 멀리 가고 싶으면 함께 가라"는 말도 있지 않은가.

그런 선택이 너무 바보스럽게 느껴질 수도 있겠지만, 원래 긴 인생에는 바보 같은 선택이 플러스가 되기 마련이다.

기다림은
생각보다 쉽지 않다

인내와 침묵이 필요한 길

"원래 부족한 사람일수록
시끄럽다."

내가 소프트뱅크에서 일하는 동안 왕정치 회장은 홈 게임이 있는 날이면 거의 항상 거르지 않고 시합을 보러 오셨다. 함께 시합을 보면서 그분께는 좋은 이야기를 참 많이 듣고, 많이 배웠다.

그러면서 느낀 가장 큰 특징이, 왕정치 회장은 남의 욕이나 남을 비판하는 말은 일절 하지 않는다는 것이다. 힘이 들어도 힘들다는 말도 안 한다. 모든 게 자기 속에 있는 사람이었다. 그분을 보며 다시금 느꼈다. 아랫사람이 어떤 과제를 해결하지 못했을 때 '리더가 어떻게 하느냐'가 조직에서 얼마나 중요한지를.

문제가 생겼을 때 리더가 그 문제를 함께 탐구하고 방법을 찾아내는 사람인지, 아니면 왜 이걸 해결하지 못하느냐면서 아랫사람을 닦달하기만 하는 사람인지에 따라 조직의 운명이 갈린다. 자기 생각 속에 빠지지 않고 아랫사람만 다그치는 리더는 어떤 아이디어도 떠올리지 못한다. 아니, 아예 아이디어를 찾으려는 시도조차 하지 않는다. 문제가 발생하면 책임 전가부터 하는 인물형인 것이다.

사실 책임 전가만큼 간단한 방법이 없다. 이게 뭐냐고, 왜 이것밖에 못 하느냐고 소리치고 화내는 것보다 쉬운 게 어디 있겠는가. 그런 리더들은 길을 제시해 주지도 못하면서 아랫사람을 평가하기만 하니 그 밑에 있으면 누구도 성장하지 못한다. 조직도 당연히 제자리다.

방법을 찾는 리더는 아랫사람이 과제를 해결하기를 충분히 기다려주면서 동시에 자기도 길을 찾는다. 멀뚱히 앉아서 기다리기만 하는 게 아니라 함께 고민하며 아랫사람과 옆에서 함께 걸어준다. 먼저 방법을 찾아내도 일단은 아랫사람이 스스로 배우고 깨달을 수 있도록 도와주고 기다려준다. 잘 안 풀려서 답답해하고 있으면 "이 방법은 어떠냐?" 하고 슬쩍 알려준 후 잘 해내는지 지켜보는 식이다.

물론 그렇게 해도 문제가 풀리지 않는 경우도 있다. 그럴 때도 지켜보고 끈기 있게 기다려준다. 성장하려면 누구에게나 시간이 필요하기 때문이다. 개입을 하더라도 직접 다 나서서 해결해 주는 게 아니라, 대략의 방법만 알려주고 아랫사람이 직접 하면서 느끼고 배우게 해줘야 한다. 사람을 키우려면 리더에게는 그 정도의 깊은 인내가 필요하다.

야구는 겨울을 빼곤 1년 내내 경기한다. 봄부터 가을까지 그 긴 시즌을 치르다 보면 누구나 한두 번쯤은 슬럼프에 빠진다. 국민 타자인 이승엽조차도 슬럼프 때문에 방망이가 안 맞을 때가 있었다. 그렇다고 다그쳐서는 안 된다. 좋은 지도자라면 함께 방법을 고민해 준다. 함께 고민하고, 찾아낸 아이디어를 알려주고, 그렇게 해보니까 어떠냐고 물어보는 것이다. 모든 길은 그렇게 함께 찾아나가면 된다.

만약 방법을 알려줬는데도 선수들이 도무지 갈피를 잡

지 못하면 "다시 해 와라"라는 말만 했다. 다시 해 왔는데 또 틀렸다면? 그때도 역시나 다시 해 오라고 하는 것이다.

그러면 선수들도 자기 나름대로 고민하고 또 다른 방식으로 시도해 본다. 큰 문제에 부딪힐 때면 그런 과정을 대여섯 번씩 거치면서 선수들이 스스로 길을 찾아가도록 했다. 반발도 당연히 있지만, 혼자 충분히 고민하고 헤매는 동안 스스로 프로세스를 찾아낸다. 그렇게 자기 힘으로 프로세스를 찾아내면 다음에 어떤 문제나 고비가 닥쳐도 풀어갈 수 있다. 그렇게 자립할 수 있도록 만드는 게 아랫사람을 키우는 올바른 방법이다.

그런데 아랫사람이 쉽게 좋은 결과를 내지 못하면 왜 그렇게 부족하느냐며 꾸짖는 리더도 있다. 이는 사실 리더의 역량이 모자란 탓이다. 자기가 부족하니까 아랫사람에게 똑바로 된 길을 제시하지 못하는 것인데, 도리어 남 탓만 하고 아랫사람에게 책임 전가만 한다. 원래 부족한 사람일수록 시끄럽다. 개들을 봐도 그렇지 않은가. 조그마한 개와 커다란 개가 있으면 그중 요란한 소리를 내는 건 오히려 작은 개다. 커다란 개들은 얌전히 가만히 있는 반면 작은 개들은 시끄럽다.

작을수록 더 사납게 짖는다. 약하니까 겁이 나고, 겁이 나니 강한 척을 하며 덤비는 것이다.

야구 현장에도 종종 '이렇게 해라', '저렇게 하라' 하면서 사사건건 지시사항이 많은 지도자가 있는데, 그런 모습을 볼 때면 '저 지시 속에 어떤 뜻이 있긴 한 걸까?' 싶을 때가 많다. 이야기를 가만히 들어보면 특별한 알맹이가 없이 시끄럽기만 한 것이다.

정상까지 가는 길을 찾는 것은
결국 리더의 몫이다

물론 리더에게도 도무지 길이 안 보일 때가 있다. 나 역시 마찬가지다. 남들이 아무리 소위 '야신'이니 뭐니 말해도 나는 야구를 다 알지 못한다. '어떡하지, 어떡하냐' 머리를 싸매고 하루 종일 고민하고, 이리저리 책도 뒤져보고, 온갖 방법을 다 써보며 고민한다. 치열하게 길을 찾으며 끝끝내 프로세스를 배운다. 그렇게 배운 프로세스를, 문제에 부딪힌 선수들도 스스로의 힘으로 찾을 수 있도록 조금씩 힌트를 주며 돕는다.

그래서 조직의 운명은 리더가 눈앞에 놓인 과제 속에 얼마나 깊게 빠져 있는지에 달려 있다. 문제가 닥쳤을 때 아랫사람들과 함께 고민하며 걷는 리더들은 아랫사람이 도중에 실수를 하더라도 그저 '아, 시행착오를 겪는 과정이구나'라고 생각하며 인내할 줄 안다. 그러면서 어떻게 해야 그 과제를 더 잘 해결할지 아이디어를 내고 자기가 주도적으로 끌고 가며 해결의 실마리를 찾는다. 결국 조직을 끌어갈 길을 제시하는 사람은 리더인 것이다.

산에 올라갈 때를 생각해 보라. 주변에 힘들다, 힘들다 말해봤자 방법은 나오지 않는다. 내가 찾는 수밖에 없다. 남에게 의존해 봐야 스스로 얻은 게 아닌 프로세스로는 언젠가 또 길을 잃고 말 것이다.

만약 방법을 알려줬는데도
선수들이 도무지 갈피를 잡지 못하면
"다시 해 와라"라는 말만 했다.

다시 해 왔는데 또 틀렸다면?
그때도 역시나 다시 해 오라고 하는 것이다.

리더일수록
공부에 정진하라

나이도, 분야도 가리지 않는 유연한 공부

> "배우는 데는 나이가 없고,
> 가릴 것도 없다."

나는 배우는 걸 좋아한다. 야구를 그렇게 오래 했어도 나는 여전히 모르는 게 많다. 문제에 부딪히면 이 책, 저 책을 꺼내고 뒤적이며 답을 찾아나간다. 틈나는 대로 책을 읽고, 생각하고, 책에서 얻은 아이디어를 이리저리 적용해 보면서 선수들을 키웠다. 지도자가 되어 선수들을 가르쳐보니 배우는 것보다 가르치는 게 만 배는 더 어려웠다. 그때 책의 도움을 많이 받았다. 당시 한국에는 야구에 관련된 책이 별로 없어서 일본에서 책을 사 모으며 연구했다.

책방에 가서 무작정 책을 펼쳐 고르면서 논어, 맹자 같은 고전과 리더들의 일대기도 읽었다. 처세술, 심리학, 경제…… 주제에 관계없이 일단 펼쳐 훑어보며 문장 몇 개만 맘에 들어도 사서 읽어나갔다. 한두 번 읽은 것으로는 기억에 남지 않길래 좋은 말이 나오면 줄을 긋고, 내 손으로 직접 따라 써보면서 공부를 했다.

여기에는 '야구선수는 무식하다'는 사람들의 고정관념을 깨고 싶다는 의식도 있었다. 일본에서는 야구선수나 감독들이 존경의 대상이 되고, 그들이 직접 쓴 책이나 다른 누군가가 그들에 대해 쓴 책이 꽤 널리 읽힌다. 그런데 우리나라에는 예부터 운동선수는 무식하다는 고정관념이 깊게 박혀 있다. 열여덟 살 재일교포 학생야구단으로 왔을 때부터 '야구선수들은 무식하다'는 소리를 걸핏하면 듣곤 했다. 반발심이 생겼다.

꼭 공부를 한 사람만 유식하고 존경할 만한 게 아니다. 공부를 별로 안 했더라도, 학교를 졸업하지 않았더라도 사람에게는 각각 그 사람만의 특색이 있고 배울 점이 있는 법이다. 만약 배울 점이 없어 보인다면 자기가 그런 생각을 갖고 있기 때문이다. '저 사람은 어려서부터 운동이나 했으니 무식할 것이다', '이 사람은 대학원까지 나왔으니 엄청나게 똑똑할 게 분명하다' 하는 고정관념을 갖고 누군가를 바라보고 있는 것이다. 우리 사회 전반에 반드시 학력이 있어야 하고, 학위니 자격증이니 하는 일종의 KS마크가 붙어야 배울 게 있는 사람이라는 고정관념이 강하게 박혀 있다. 나는 그게 싫어서 더 열심히 책을 읽고 공부했다.

그리고 스프링캠프에 가면 매일 선수들에게 책에서 읽은 내용을 들려주며 가르쳤다. 나는 평소 시합 때는 미팅을 거의 안 하는 편인데, 캠프에서는 하루도 거르지 않고 30분 이상은 미팅을 했다. 이를테면 어떤 책에서 읽은 '만족은 사람을 파멸로 몰아가고, 겸허함은 사람을 성장시킨다' 같은 말이 좋다 싶다. 그러면 그걸 먼저 선수들에게 들려주고 거기에 내 경험을 덧붙이는 식이다. 가르쳐보니 야구 이야기를 먼저 꺼내는 것보다 인생에 대해 들려주고 그 후에 야구 이야기를 하는 것이 훨씬 효과가 있었다. 처음에는 아무리 좋은 말을 해도 노트 귀퉁이에 낙서만 하고 있던 선수들이 며칠만 지나면 정신을 차리고 메모를 하면서 경청했다. 더 배우고 싶다는 동기가 생긴 것이다.

주제도 다양하다. 야구 전략, 인생을 사는 법, 왜 훈련을 이렇게 많이 해야 하는지, 어떤 생각을 하며 훈련에 임해야 하는지, 조직이란 무엇인지……. 매번 이야기가 다르다. 그렇게 하면 선수들이 나중에 지도자가 되었을 때, 나처럼 일일이 책을 보며 공부하지 않아도 자기 밑의 선수들을 가르칠 수 있다. 그런 마음으로 더 열심히 책을 읽고 알려줬던 것 같다. 공부하는 리더, 열심히 하는 리더, 자기가 솔선수범하는 리더가 되어야 한다 싶다.

공부는
영원해야 한다

재미있는 이야기가 하나 있는데, 예전에 김응룡이 이끌던 해태타이거즈 2군 감독으로 들어간 적이 있었다. 김응룡과 나는 동기여서 누가 누구를 가르치고 배운다 할 관계가 아닐뿐더러 딱히 친하지도 않다. 그런데 왜 그 밑으로 갔느냐고 의아해하는 사람들이 있었다. 역시나 배우기 위함이었다.

김응룡은 내가 해태에 갔을 당시에도 일곱 번이나 우승을 한 감독이었다. 김응룡이 만드는 팀이 왜 강한지 알고 싶었다. 어떤 방법으로 선수를 통솔하는지, 해태가 강한 이유가 무엇인지를 그 옆에서 2년 동안 일하면서 직접 봤다. 좋은 경험이고 유익한 공부였다. 나중에 감독을 할 때 그때 본 것들이 큰 도움이 되었다. 그러니 내 모자람이 억울하고 한스럽다면 당연히 공부를 해야 하는 것이다. 무식을 창피해해서는 안 된다. 무식한데 그렇지 않은 척하면 오히려 결국 큰 해가 되어 부메랑처럼 돌아온다. 공부만이 살 길이다.

지바롯데에 2년 동안 가 있으며 느낀 게, '왜 진작 밖으로 나올 생각을 못 했을까' 하는 것이었다. 밖에 나가보니 나는 우물 안 개구리였다. 너무 작은 속에서 생각하고 있었다. 여기서 작다는 것은 나라가 아니라 의식, 사상의 이야기다. 그때까지는 내 속에 이겨야 한다는 생각밖에 없었다. 소위 말하는 야구의 갈 길, 넓이, 세계라고 하는 건 전혀 모르고 움직였던 것이다.

당시 지바롯데 감독이었던 바비 발렌타인을 통해 또 다른 새로운 야구에 눈을 떴다. 팬들과 소통할 줄 알게 되었고 야구의 발전, 미래의 야구에 대해 생각하게 되었다. 그게 내가 벌써 60대 중반이었을 때의 일이다. 배우는 데는 나이가 없고, 가릴 것도 없다.

옛날 일이긴 하지만 LG 감독 시절에 내가 일본인 코치를 쓰겠다고 하자 구단에서 안 된다고 반대한 적이 있다. 왜 안 되나 싶었다. 일반 기업도 기술자는 외국에서 데려오기도 하는데, 배울 게 있는 사람이면 배우는 게 맞지 않는가. SK 때도 가토 하지메라는 코치를 데려와서 일했던 적이 있다. 그 사람은 현역 때 어마어마한 성적을 남긴 투수다. 여차 할 때 그의 노하우가 필요하다. 후쿠하라 미네오라는 수비 코치도 있다. SK의 최고 공로자로, 최정, 정근우처럼 수비 잘하는 선수를 다 그 사람이 키웠다. 결국 미국인이 되었든 일본인이 되었든 모자란 건 보충할 필요가 있는 것이다. 며칠을 굶어서 배가 고픈데 어떤 음식이니, 어디서 가져왔느니 따질 이유가 하나도 없다.

아무리 높은 위치에 있는 사람이라 해도 한 사람이 가진 지식에는 당연히 한계가 있다. 완벽하지 못한 게 인간이다. 그러니까 책을 읽고, 전문 영역을 가진 사람을 보고 배우며 한 걸음 한 걸음 나아가야 한다. 리더일수록 솔선수범해 가리

내 모자람이 억울하고 한스럽다면
당연히 공부를 해야 하는 것이다.
무식을 창피해해서는 안 된다.
무식한데 그렇지 않은 척하면
오히려 결국 큰 해가 되어 부메랑처럼 돌아온다.

지 않고 배울 줄 알아야 한다. 남보다 몇 배는 더 노력하고 어마어마하게 연구하는 게 리더가 해야 할 일이다. 공부를 해야 방법을 아니까, 알고 아랫사람에게 가르쳐줄 수 있으니까 말이다. 그래서 공부는 영원해야 하는 것이다.

4강이 목표라면
나약한 게 당연하다
이기기 위한 필사의 정신

> "리더라면 일단 목표는 높게 이야기해야 한다. 4위, 5위 같은
> 애매한 목표를 말하는 것은 이미 도망을 간 것이나 마찬가지다.
> 그런 리더가 있는 팀은 약하다."

　　리더는 산이 높을수록 오히려 그곳에서 희망을 보는 사
람이어야 한다. 산이 조금 높다고 해서 여기는 못 올라가겠다
거나 힘들어서 못 가겠다고 말하는 사람은 리더가 될 자격이
없다. 세상 모든 일이 그렇다. 한 번 방법을 찾으려고 해봤는
데 안 되더라며 그만둔다면 뭘 이룰 수 있겠는가. 될 때까지
계속 붙잡고 늘어져야 한다. 그런데 요새 리더들은 그렇게 파
고들지 않는 사람이 많은 것 같다. 당연히 문제가 해결될 리

없다. 거기에 대한 반성도 없다.

원래 동네 뒷산은 올라가기 쉽지만 지리산, 설악산처럼 높아지면 올라가기 어렵다. 산은 높이 오를수록 고충이 더 심해진다. 공기도 바뀌고, 길도 험해진다. 아래에서 본 것과는 완전히 상황이 바뀐다. 그럼에도 버티고 뻗어나가 끝끝내 정상까지 올라가는 게 리더의 역할이다.

물론 꼴찌인 팀이 1등을 목표로 하는 것은 전혀 현실적이지 않은 소리로 들린다. 리더에게조차도 허무맹랑하게 느껴질 수 있다. 그럼에도 리더라면 일단 목표는 높게 이야기해야 한다. 4위, 5위 같은 애매한 목표를 말하는 것은 이미 도망을 간 것이나 마찬가지다. 그런 리더가 있는 팀은 약하다. 실제로 자기가 생각하는 현실적인 목표가 그 정도라고 해도 아랫사람들까지 그렇게 생각하게 만들면 되겠는가.

내가 가는 팀은 전부 약팀이었다. 감독 오퍼를 받고 팀 데이터를 살펴보니 '이 팀은 정말 이대로는 안 되겠구나' 싶어서 어떻게든 고쳐주고 싶다는 마음으로 감독직을 맡았다. 어떤 팀에서는 처음 간 날 플레이하는 걸 지켜보고서 '계약 잘못했구나. 어떻게 무를 수는 없나?' 하며 뜨악하기도 했다. 비관하게 되는 상황이 엄청나게 많았다.

고양원더스에 갔을 때도 다르지 않았다. 국내 최초의 독립 야구단. 우리가 첫 발을 내디뎌야 하는 상황이었다. 엄청나게 막막했다. 일단 감독을 맡겠다고 계약은 했고, 1월부터 연습에 참가한다고 말은 해놓았는데 그 선수들을 데리고 시합을 할 수는 있는 건지, 세상 사람들에게 웃음거리가 되진 않을지, 또 대한민국 야구계를 위해서라고 말은 했는데 정말 그만한 일을 할 수는 있는 건지 매일이 불안했다. 비관 속에서 줄곧 최악의 상황을 상상했다. 그 상황에 빠지면 어떻게 대처할지 머릿속에서 끊임없이 생각하고 또 생각했다. 비관주의자 그 자체이지 않았나 싶다. 그럼에도 '못 하겠다', '불가능하다' 같은 소리는 절대 하지 않았다. 못 한다고 말하면 정말 못 하게 된다. 리더로서 그런 말은 입에도 담지 않았다.

러시아와 우크라이나의 전쟁을 생각해 보라. 다들 우크라이나가 어떻게 러시아를 상대하느냐고, 금방 항복하고 끝날 거라고들 예상했다. 그러나 두 나라는 아직도 전쟁을 하고 있다. 서로 지지 않으려고, 이기려고 필사적으로 싸운다. 당연한 것이다. 전쟁에서 지면 자기 국민이 다치고 나라가 사라지니 어떻게든 이겨야 하지 않겠는가. 물러설 곳이 없다. 그게 리더의 자세다.

모든 답은
내 안에 있다

　감독이 되었을 때 본 SK는 우승과 먼 팀이었다. 처음으로 선수들이 연습하던 걸 보던 날, 실력이 도무지 형편이 없어서 '이 팀을 갖고 우승할 수 있겠나' 싶었다. 그럼에도 목표는 우승이라고 말했다. 이것도 내게는 일종의 과거를 버리는 일이었다. 그 전까지의 팀에서는 한 번도 우승이 목표라고 말한 적이 없었다. 그런데 우승이 목표라고 말함으로써 도망갈 구실을 완전히 없앤 것이다. SK에 가서는 처음으로 우승이 목표라고 공언했고, 매 시즌 몇 승을 올리겠다고 선수들 앞에서 말했다.

　유언실행有言實行, 일단 뱉은 말은 죽어도 행동으로 옮겨야 한다는 게 내 생각이다. 나는 '올 시즌 몇 승을 반드시 올리겠다'라고 목표를 발표한 후부터는 한 번도 그 목표를 달성하지 않은 적이 없었다. 최강야구에도 7할이라는 목표가 있다. 아무리 선수가 부족하고 상황이 나빠도 도망칠 곳은 없다. 7할을 선언했다면 어떻게든 해내야 한다. 너무 높아 보이는 목표라도 일단 말하고, 지키는 것. 그게 유언실행이고 리더가 해야 할 일이다.

나는 2022년 월드컵에서 우리나라가 16강에 진출했다고 대통령이 불러 칭찬을 했을 때도 왜 벌써 부를까 싶었다. 우리나라는 2002년에 이미 4강이라는 더 높은 목표를 달성한 적이 있는데, 그렇다면 그 이상을 달성하거나 최소한 4강까지 갔을 때 불러야 맞는 것 아닌가. 리더부터 16강이라는 목표에 만족해 버리면 약한 조직이 된다. 조직에게 도망칠 구석을 만들어주는 것이나 마찬가지다.

아이들은 자기 아버지, 어머니가 어떤 사람인지 다 안다. 자기 부모의 성격, 기분이 좋은지 나쁜지 같은 것들은 아무리 어려도 다 알고 있다. 부모가 화가 나 있으면 아이들도 슬슬 눈치를 보지 않는가. 그래서 자식은 부모의 행동과 의식에 따라 움직인다. 부모가 집요하게 굴면 아이도 그 의식을 따라 배우고, 반대로 부모가 제대로 된 의식을 갖지 않으면 아이도 나태해진다.

조직도 그렇다. 리더가 느슨한 의식을 가지면 아랫사람들의 의식도 해이해지기 마련이다. 리더 한 명이 아랫사람을, 조직을 얼마든지 바꿀 수 있다. 감독으로 살며 수없이 많은 팀을 맡고 많은 제자를 얻으며 알게 되었다.

연패를 할 때, 안 되겠다 싶어서 문학경기장에서 집까지 내내 생각하며 혼자 걸어간 적이 있다. 그때 내가 살던 곳이 송도에 있는 아파트였으니 족히 두 시간은 걸었을 것이다. 걸으면서 든 생각이 '모든 답은 내 안에 있다'는 것이었다.

그게 내가 내린 결론이었다. 핑계 대고 물러나서는 안 된다. 어떻게 막힌 곳을 뚫고 나가 승리할 것인지 고민해야 한다. 어떻게든 한다, 끝끝내 한다.

리더가 열성과 집념을 가지면 얼마든지 바꿔갈 수 있다. 방법이 보이지 않는다 해서 금방 포기해서는 안 된다. 물이나 석유가 나오는 땅을 찾을 때 그게 그리 쉽게 되던가. 이리 조금 파고, 저리 조금 파고 찔끔찔끔 해서는 찾을 수 없다. 집요하게 파고, 파고, 또 파야 마침내 물이 나오고 석유가 나온다. 조직을 이끌어가는 것도 똑같을 것이다.

그럼에도 버티고 뻗어나가

끝끝내 정상까지 올라가는 게 리더의 역할이다.

나가며

　　중학생 때부터 본격적으로 시작한 야구가 계속되어 어
느새 80대가 되었다. 시간이 벌써 오래 흘렀다. 그래서인지 어
떤 사람들은 나한테 앞으로 다시 태어나도 야구를 하고 싶으
냐고 묻는다. 나는 거기에 뭐라고 대답하느냐면, "나는 지금
도 야구를 모릅니다"라고 말한다.

　　나는 야구를 모른다. 그러니 다시 태어나도 야구를 하
는 수밖에 없다. 이번 생에 찾지 못한 답은 다음 생에 찾아야
하니까. 물론 그 생에도 풀리지 않는 문제는 있을 것이다. 뭐
든 하면 할수록 깊어지기 마련이다. 그래서 평생 해온 야구이

지만 아직도 잘 모른다.

60여 년 동안 야구를 하면서 이것만큼은 잘 알게 되었다. 야구에는 정답도 끝도 없다. 그저 공부하며 계속 배워나갈 뿐이다. 여전히 시합에 나가고, 선수들을 봐줄 때면 '어떻게 하면 되지, 뭐가 문제냐' 머리를 싸매며 계속 생각한다. 야구는 내게 끝없이 고민거리를 준다. 지금도 불안, 불만, 부족과 함께 살아간다. 그러면서 더 나아진다.

아마추어 지도자였을 때와 프로에서 지도자를 시작했을 때, 그리고 프로에 몸담은 지 벌써 오랜 세월이 지난 지금이 전부 다르다. 그래서 처음에 가르쳤던 선수들을 만나면 나는 미안하다고 말한다.

"내가 더 잘 가르칠 수 있었는데 그때는 그만큼 몰랐다. 미안하다."

지나온 길에 후회나 미련은 없지만 아쉬움은 있다. 그게 솔직한 이야기다. 그리고 아마 3년, 5년, 10년 후에도 '아, 그때 이렇게 하면 되었겠구나' 하는 생각을 하고 있을 것이다. 여전히 야구를 잘 안다고 생각하지 않는다. 사람들은 나를 야신이라고 부르지만 야구에는 신 같은 것이 없다.

"당신에게 야구란 무엇인가?"

그 질문을 참 많이 받았다. 예전에는 내게 남은 시간이 전부 야구를 하는 시간일 테니 '시간'이라고 대답한 적도 있었고, '운명'이라고 대답한 적도 있었다. 꼬마 시절부터 지금까지 야구만을 하고 살아왔고 야구를 할 때가 제일 행복했으니. 요즘은 야구가 내 심장이라고 대답한다. 몸에서 심장이 없으면 사람은 죽고 마니까, 내 심장은 야구이겠다고 어느 때부터인가 생각했다.

그래서 김성근에게 '야구 은퇴'란 없다. 프로에서 잘리면 잘리는 대로 리틀 선수들, 중학교, 고등학교 선수들을 가르치러 전국을 돌아다녔다. 아마 내가 야구를 하지 않는 순간은 오직 죽은 후뿐이지 않을까 싶다. 내가 죽어야 나의 야구도 사라진다.

결국 내게 야구는 인생 그 자체, 전부다. 어려서부터 지금까지 살아왔던 전부. 내 인생은 야구였고 야구 속에 인생이 있었다. 사는 내내 야구에 대해 더 잘 알고 싶어 끊임없이 고민했고, 야구를 알고 싶어 하는 내게 야구는 그 대신 사는 법을 가르쳐줬다. 야구를 하지 않았다면 나는 아마 싸우지 않고 살았을 것이다.

여든이 넘은 지금도 여전히 야구를 한다. 싸우고, 걷고, 생각한다. 야구를 생각하고 야구를 할 때가 가장 행복하다. 선수를 가르치다 보면 성장하는 순간이 보였고, 그럴 때마다 살아 있음을 느꼈다. 나에게 불행이란 야구를 할 수 없는 것이었다. 그걸 보면 나는 참 행운아다. 밥 먹는 것보다도 좋은 게 야구인데 좋아하는 것으로 평생을 살아왔으니.

지금도 그렇다. 매일 최강야구 선수들과 훈련을 하고 시합도 하는데, 아침부터 해가 질 때까지 연습하고 들어오면 저녁만 먹고 곧바로 데이터를 보며 공부하기 시작한다. 그 데이터를 내 나름대로 풀어가다 보면 금세 시간이 흘러 밤 12시가 되고 새벽이 된다. 가족들은 빨리 자라고 성화이지만 야구 속에 빠지다 보면 잠도, 피로도 사라진다. 계속 거기에 집중하고 빠져드니까 그 순간이 그저 즐겁다.

그리고 그 데이터를 보며 내 나름대로 고안한 방법을 다음 날 연습을 하며 실천해 본다. '이렇게 하면 어떤가?', '이게 안 된다면 저렇게 해볼까?' 하며 생각해 낸 아이디어가 맞는지 확인한다. 맞으면 제대로 된 길을 찾았으니 즐겁고, 틀리면 또 다른 아이디어를 찾을 생각에 기대가 된다. 그 자체로 살아 있음을 느낀다.

여전히 내가 가장 좋아하는 길은 야구장에 가는 길이다. 그래서 나는 오늘도 야구를 하러 걸어간다. 내가 해야 할 일, 육성해야 할 선수들, 만들어야 할 조직, 세상에 남겨야 할 것을 생각하며 걷는다.

앞으로도 나는 그 길 위에서 부딪히며 살아가고 싶다. 내 생명이 어디까지 허락할진 몰라도 계속 야구에서 일하고 야구를 하는 것, 어떤 형태이든 간에. 그것이 나의 베스트다.

각진 돌멩이들은 산골짜기 속 물을 따라
바다까지 흘러 내려온다.

거센 물살을 타고
여기저기 부딪히며 내려온다.

부딪히는 속에서 연마되고,
어떤 데서는 스톱 되고,
고생하고, 고통을 겪고,

어떻게든 탈출할 방법을 찾아
흘러가고
또 흘러간다.

결국 세월이 흘러
바다에 가까워 갈 때는
요만한 돌멩이가 되고
마침내 모래가 된다.

그게 인생이다.

그런데 물을 따라 흘러 내려오다 보면
돌은 반드시 어딘가에 막힌다.

인생도 마찬가지다.
누구에게나 인생이 꽉 막히고
답답한 순간이 온다.

평범한 사람은 누군가가 구해주기를,
혹은 문제가 알아서 해결되기를
기약도 없이 기다리는 반면,

뛰어난 사람들은 문제 속에 푹 빠져서
깊이 탐구하고 골몰한다.

물이 어디에서 고였을까?
지형이 원래 나빠서일까?
원래는 흘러야 할 구멍인데 어디가 막혀 있을까?

하루 종일 매달리고 온통 그 생각에 빠져
밥도, 잠도 다 내던질 만큼
죽자 살자 하고 생각한다.

그러다 보면 끝내 자기 안에서 답을 찾는다.
상식적이지 않은 자기만의 아이디어로.

그렇게 찾은
비상식적인 방법을 사용하면
누군가는 이를 보며 치사하다느니,
비겁하다느니 비난한다.

나는 야구 인생 내내 그랬다.
비상식을 찾아 결국 이겼지만
현역 감독 시절 내내
잘했다는 소리는 얼마 듣지 못했다.

그러나 내게 제일 중요한 건 결과였다.
다른 사람들의 존경 따위는 생각하지 않았다.

원하는 것은 결과뿐이었다.

승부에서 이길 수 있는데,
점잖고 상식적이어야 할 이유가
어디 있단 말인가?

상식 속에만 있으면 앞으로 가지 못한다.

고이고 막히는 순간을 수없이 넘어오며
나의 비상식은 어느새 상식이 되었고,

나라는 돌도 요만한 돌멩이가 되었다가
이제는 모래가 되었다.

마침내 물도 잔잔해졌다.

나라는 인간은 그렇게
80여 년을 흘러온 것 같다.

인생은 순간이다

초판 1쇄 인쇄 2023년 11월 18일
초판 23쇄 발행 2024년 10월 18일

지은이 김성근
펴낸이 김선식

부사장 김은영
콘텐츠사업본부장 임보윤
기획편집 문주연 **책임마케터** 양지환
콘텐츠사업1팀장 성기병 **콘텐츠사업1팀** 윤유정, 정서린, 문주연, 조은서
마케팅본부장 권장규 **마케팅2팀** 이고은, 배한진, 양지환 **채널팀** 권오권, 지석배
미디어홍보본부장 정명찬 **뉴미디어팀** 김민정, 이지은, 홍수경, 변승주
브랜드관리팀 오수미, 김은지, 이소영, 박장미, 박주현, 서가을
지식교양팀 이수인, 염아라, 석찬미, 김혜원
편집관리팀 조세현, 김호주, 백설희 **저작권팀** 이슬, 윤제희
재무관리팀 하미선, 임혜정, 이슬기, 김주영, 오지수
인사총무팀 강미숙, 김혜진, 황종원
제작관리팀 이소현, 김소영, 김진경, 최완규, 이지우, 박예찬
물류관리팀 김형기, 김선민, 주정훈, 김선진, 한유현, 전태연, 양문현, 이민운
외부스태프 표지 및 본문 디자인 데일리루틴 **사진** 설은주

펴낸곳 다산북스 **출판등록** 2005년 12월 23일 제 313-2005-00277호
주소 경기도 파주시 회동길 490 **전화** 02-704-1724 **팩스** 02-703-2219 **이메일** dasanbooks@dasanbooks.com
홈페이지 www.dasan.group **블로그** blog.naver.com/dasan_books
용지 IPP **인쇄 및 제본** 민언프린텍 **코팅 및 후가공** 제이오엘앤피 **제본** 다온바인텍

ISBN 979-11-306-4838-5 03810